KB002200

온정 에세이

너를 돌보며 어른이 된다

이 책은 대구출판산업지원센터의
'2024년 대구우수출판콘텐츠제작지원사업'에 선정되어
발행 되었습니다.

너를 돌보며 어른이 된다

초판 1쇄 발행	2024년 9월 23일
지은이	온정
펴낸곳	마누스
출판등록	2020년 8월 19일 제348-25100-2020-000002호
팩스	0504-064-7414
이메일	manus2020@naver.com

ISBN 979-11-94176-05-3

온정 에세이

너를 돌보며 어른이 된다

일러두기

일부 표준어가 아닌 단어는 글맛을 살리기 위해 그대로 두었습니다.

사랑으로 시작되어 사랑으로 끝나는

이것은 사랑 이야기. 이리 돌아가고 저리 돌아가도 결국에는 사랑으로 수렴하는 그런 이야기. 상앗빛 풍성한 털을 가진 다리 짧은 강아지와 두 인간이 사랑에 폭 빠지는, 이상하고 아름다운 이야기.

프롤로그를 쓰고 있는 이 시점을 기준으로 홍군과 부부가 된 지 6년, 달콩이가 우리 집에 들어와 세 식구가 된 지 4년이 지났다. 열여섯 번의 계절이 지나가는 동안 달콩이는 n번의 털갈이로 간절기마다 집을 털바다로 만들었고, 나는 하루에 적어도 스무 번 이상, 그러니까 총 삼만 번 이상 달콩이의 콧잔등에, 이마에, 볼록한 배에 뽀뽀를 해댔다. 그러는 동안 새까맣던 달콩이의 코는 점점 초코색으로 바래갔다. 또 달콩이는 3킬로그램 꼬물이에서 13킬로그램의 강아지가 되었고, 안아줘도 쌩 도망가기 바쁘던 아기 달콩이는 이제 우리의 무릎을 베고 누워 푹 쉴 줄도 아는, 포옹의 따스하고 묵직한 맛을 아는 어른 강아지가 되었다.

달콩이가 어떻게 살아갈지는 우리 손에 달려있었다. 우린 달콩이의 입장을 곰곰이 살피려 노력했다. 세상을 가득 담은 그 예쁜 두 눈이 무엇을 말하는지. 무엇을 원하고 또 무엇을 불편해하는지. 말도 통하지 않는 달콩이와 언어를 뛰어넘는 교감을 주고받았다. 그렇게 달콩이를 돌보며 우리 부부는 생명을 키우는 책임을 몸소 느꼈다. 그것이 지금껏 살아오며 겪어본 책임감과는 다르다는 것도, 책임이 무거운 만큼 얼마나 특별하고 뜻깊은지도 배웠다.

내가 생각하는 좋은 사랑이란, 상대를 향한 사랑이 나 자신에게까지로 확장되는 것이다. 달콩이를 너무도 건강하게 사랑하기에 나는 나 자신도 사랑하게 되었다. 더 나아가 작은 일상들까지도 사랑하게 되었다. 토끼 같은 달콩이와 리트리버 같은 남편과 함께하는 하루하루는 특별하다. 아무 일 없어도 웃음이 가득하고, 지쳐 쓰러졌다가도 결국에는 다시 일어날 힘이 생긴다.

달콩이는 우리의 미래에 대해서도 생각해 보게 한다. 취업을 위해 이력서를 쓸 때, 자기소개서 항목 중 "10년 후의 자신의 미래 또는 목표에 대해 작성하시오"라는 질문을 볼 때면 나는 울화통이 터지곤 했다. "10년 뒤는 개뿔. 당장 눈앞의 나도 어떻게 될지 모르는데, 무려 10년 뒤에 내가 뭐 하면서 살고 있을지 어떻게 알아!" 인생은 보통 그렇게 흘러갔다. 중학생이 되면 알 수 있는 건 3년 뒤 고등학생이 되겠지, 정도였고 성인이 되어 직장에 다니면서도 당장 내년까지 내가 이 직장을 다닐 수 있을지, 심지어 이 직종의 일을 계속할 수 있을지조차 알지 못한 채 살았다.

하지만 이제 자연스레 10년 뒤를 그려보곤 한다. 앞으로 10년이라는 시간은 달콩이에게 거의 평생에 가까울 테니. 십 대 할머니가 될 달콩이와 사십 대가 될 나와 남편. 일단 그때도 우리는 건강해야만 한다. 달콩이와 매일 산책해야 하니까. 기후는 계속 절망적인 쪽으로 변해가고 있으니 10년 뒤에는 산책이 더 어려워질지도 모른다. 그렇기에 우리는 지금보다 더 씩씩해져야 한다. 더 뜨거워진 아스팔트 위에서도 달콩이의 발바닥 젤리를 지켜낼 방법을 비장하게 궁리하고 이어지는 폭우 속에서도 최대한 덜 젖으며 산책할 방법을 찾아야 한다. 다른 선택권은 없다. 어쨌든 산책은 계속되어야 하고, 어쨌든 우리는 함께할 것이다.

누군가는 유난이라 생각할지도 모르는 이 사랑. 하지만 달콩이를 만난 뒤 나에게 '사랑'이라는 단어는 더 이상 부끄럽거나 어색하지 않다. 이 세상을 살아가는 모두에게 적어도 한 번은 이런 사랑을 경험해 보길 권하고 싶다. 그 상대는 자녀가 될 수도, 강아지나 고양이나 거북이일 수도, 거실에 소중히 키우는 몬스테라 화분이나, 바이올린이나 기타 같은 악기가 될 수도 있겠다. 그저 사랑으로만 그치지 않는 사랑. 축 늘어진 자신을 어떻게든 움직이게 하고, 웃게 하고, 인생을 살 만한 것으로 만들고, 내가 잘 알지 못하는 세상을 이해하려 노력하고 또 노력하다가 나까지 성장해 버리는 그런 사랑 말이다.

이 책은 '달콩이 책'이 아니다. 달콩이의 자서전도 아니고, 우리 강아지 예쁘다고, 귀엽다고 뽐내는 책도 아니다. 이 책은 결국 나, 인간의 손으로 쓰였고 모든 일은 인간의 기준으로 해석되었으며 궁극적으로는 인간이 사랑을 깨닫고 변화하고 성장하는 내용의 책이다. 미안하게도 달콩이에게는 너와의 이야기를 책으로 써도 되는지 동의를 구하지도 못했다. 난 이렇게 또 달콩이에게 큰 빚을 진다.

달팽이 집처럼 몸을 둥글둥글 말고 입맛을 쩝쩝 다시며 단잠 자는 달콩이를 나의 두 팔 가득 안아본다. 폭신한 털에 얼굴을 파묻으며 크게 숨 쉬는 달콩이를 느낀다. 그 속에서 어떤 영화의 명대사를 떠올린다.

"인생에서 가장 위대한 일은 누군가를 사랑하고 또 사랑받는 일이다."

1부 서툰 사랑도 이렇게 통해

2부 너를 돌보며 어른이 된다

1부 서툰 사랑도 이렇게 통해

이렇게 우리는 서서히 가족이 되어간다.

| 그렇게 셋이 되었다 |

믹스견 달콩이의 사진을 처음 본 건 5월의 어느 날이었다. 초롱초롱하면서도 살짝 억울해 보이는 눈망울과, 군데군데 누런 콩고물이 묻다 만 듯 복슬복슬한 털. 눈에 비해 살짝 큰, 둥글둥글한 세모 모양의 코가 사랑스러운 강아지였다. 강아지 입양을 결심한 뒤 이곳저곳을 기웃거리다 달콩이의 입양 공고를 발견한 나는 한눈에 반하여 입양 신청을 했다. 유기견을 입양하는 절차가 까다롭다는 걸 익히 알고 있었기에 긴장했지만, 다행히 승인을 받았고 계약서에 서명까지 마쳤다.

길거리 출신인 달콩이는 태어난 지 얼마 되지 않았을 때 보호소에서 구조한 모양이었다. 구조 직후 달콩이를 한 달가량 임시 보호해 주신 분(이하 임보자님)께서는 달콩이와 자매지간인 '모카'를 함께 임시 보호하셨는데, 모카는 천방지축이고 한 번씩 사고도 치지만 달콩이는 원체 순하고 얌전하다고 하셨다. 순둥이라는 말이 참 반가웠다. 순하다는 건 그만큼 예민하지 않다는 뜻일 테니까. 매사에 신중하고 민감한 나와 남편이기에 우리의 새 식구만큼은 그저 천진난만했으면 하는 바람이었다.

"별로 안 똑똑해도 괜찮고 조금 철없어도 좋으니 그저 밥 잘 먹고 건강하고 밝은 아이였으면 좋겠어."

입양이 결정된 뒤 실제로 달콩이를 입양하기까지는 일주일이 넘게 걸렸다. 하루라도 빨리 달려가서 달콩이를 데려오고 싶었지만 급하게 마음먹는다고 될 일이 아니었다. 입양에 앞서 우리는 집에 달콩이를 들일 준비를 확실하게 해두어야 했고, 임보자님 역시 달콩이를 보낼 준비를 해야 했다. 나에게는 그 시간이 너무나 길게 느껴졌다. 시도 때도 없이 인스타그램에 들어가 임보자님이 올려둔 달콩이의 사진과 영상을 보았다. 달콩이는 어떤 걸 좋아할까. 어떻게 해야 새로운 환경에도 덜 스트레스 받을까. 안정감을 느낄 수 있도록 텐트 모양의 아늑한 집을 마련하고, 달콩이보다 조금 큰 말랑말랑한 촉감의 물개 인형과 작은 장난감들을 준비했다. 설레는 마음. 걱정되는 마음. 그리고 달콩이에게 미안한 마음마저 복합적으로 엉겼다. 달콩이는 처음 지내본 따듯한 집을, 처음으로 사람에게 듬뿍 사랑받았던 그곳을 떠나야 한다. 그토록 의지하던 모카와도 이제 헤어져야 한다. 달콩이는 그 사실을 전혀 모르겠지. 아무것도 모른 채 오늘도 모카와 뒹굴거리며 놀았을 거라 생각하니 속이 시끄러워져서 밤잠을 설쳤다.

달콩이를 데리러 가기로 한 날엔 하필 장대비가 쏟아졌다. 캄캄한 저녁 시간, 일찍 퇴근한 남편과 함께 차 지붕을 무섭게 때려대는 비를 뚫고 수원에서 인천으로 향했다. 가는 길이야 우리 둘이니 그렇다 쳐도, 집으로 오는 길에 달콩이가 너무 놀라진 않을지, 멀미를 하진 않을지 걱정이 앞섰다. 겨우 시간에 맞추어 약속 장소에 도착하니, 정말이지, 눈물이 날 정도로 예쁜 생명체가 임보자님의 품에 안겨서 자동차 밖으로 나왔다. 우리가 지어준 '달콩'이라는 이름이 잘 어울리는 아이였다. 아무리 열심히 마음의 준비를 했다지만, 달콩이를 마침내 품에 안던 순간에는 그야말로 얼떨떨했다. 달콩이에게서 달달하고 고소한 코코넛 냄새가 희미하게 풍겨왔다. 포근한 달콩이의 털이 이내 나의 마음속까지 파고들었다.

달콩이에게 쏙 빼앗긴 정신을 겨우 되찾고, 우리는 임보자님께 감사하다고 인사드리며 꽃다발을 건넸다. 길에서 태어난 달콩이가 우리 품에 오기까지는 여러 우연과 많은 이들의 노력이 있었다. 임보자님은 가장 중요한 징검다리 역할을 해주신 셈이었다. "어머. 저 꽃 선물 정말 오랜만에 받아요." 임보자님은 우리가 예상했던 것보다도 훨씬 더 기뻐하며 꽃을 받으셨고, 활짝 웃던 임보자님의 눈에서는 돌연 눈물이 또르륵 떨어졌다. 쭈뼛쭈뼛 어머니의 뒤를 따라와 우리에게 어른스럽게 인사를 건넸던 초등학생 아드님도, 달콩이와 마지막 인사를 하면서는 아이답게 엉엉 눈물을 쏟아냈다. 한 달간 이 작은 강아지와 얼마나 정이 많이 들었을까. 달콩이에게 '앉아', '손', '기다려' 훈련까지 시켜준 듬직한 친구였다. "좋은 일에 이렇게 울면 안 되는데…." 임보자님은 연신 민망해하셨지만, 그 마음을 알 것 같아 우리는 들뜨는 마음을 꾹꾹 누른 채 가만히 기다렸다. 우리에게는 새로운 시작이 누군가에게는 마지막이구나, 새삼 느끼면서.

어렵게 작별 인사를 하고 차로 향하는 길에 달콩이를 내려다보았다. 낯선 사람의 냄새를 맡으려 코를 옷에 파묻는 모습을 보니 당장이라도 그 촉촉한 코에 뽀뽀를 해주고 싶어졌다. 달콩이는 어리둥절한 표정을 감추지 못한 채, '이게 무슨 일이지?'라고 말하듯 눈을 끔뻑거리며 우리 차에 탔다. 내 무릎 위에 푹신한 방석을 깔고 그 위에 올려주니 달콩이는 제법 편한 자세로 자리를 잡았다. 생소한 환경과 요란한 빗소리에 조금 무서워하는 듯하던 달콩이는, 간식을 주니 금방 봉인이 해제되어 가는 내내 신나게 껌을 씹었다. 식탐이 많다고 전해 들었는데 만난 지 얼마 되지도 않아 그 사실을 두 눈으로 생생하게 확인할 수 있었다. 견생 3개월 차, 역시 먹는 게 최고인 나이일 터였다.

차가 부지런히 집으로 굴러가는 동안, 도로 위 가로등 불빛이 차 안을 밝혔다가 그림자를 만들기를 반복했다. 하얀 달콩이의 모습 역시 빼꼼 보이다가 어둠에 다시 가려지곤 했다. 남편이 최대한 부드럽게 운전하려 노력하고 있는 게 조수석에서도 느껴졌다. 나는 조심스레, 아주 조심스레 달콩이의 이마를 쓰다듬었다. 달콩이의 턱을 긁어주고, 등을 쓰다듬고, 풍성한 꼬리를 만지면서도, 정말 만져도 되는 건지, 이게 현실이 맞는지 생각했다.

"어머… 어쩜…. 어쩜 너 같은 천사가 우리에게 왔니. 웬일이니. 이게 대체 무슨 일이야."

이 아이를 보며 천사라는 단어 밖에는 생각이 나질 않았다. 속으로는 어쩔 줄을 모르며 발을 동동 구르고 있었지만, 내가 움직이면 무릎 위에 앉은 달콩이가 불편해할까 봐 옴짝달싹도 못 하고 한 시간이 넘는 길을 뻣뻣하게 앉아서 왔다. 기특하게 멀미도 하지 않은 채 달콩이는 우리 집에 입성했다.

그렇게 결혼 2년 만에 식구가 셋으로 늘었다.

그와 나의 반려견 논리

사실 달콩이를 입양하는 과정이 순탄치만은 않았다. 나는 강아지를 키우고 싶어서 오래도록 지독한 속병을 앓았지만, 그럼에도 한참 동안 결단을 내리지 못했다. 반려견을 입양하는 순간부터 짧게는 10년, 길게는 20년까지도 책임져야 하니 적당히 고민하고 결정할 수 없었다. 무엇보다 나는 직업도 없는 백수 상태였다. 열심히 다녔던 직장에서 계약이 만료되며 퇴사한 뒤로 무력하고 울적한 나날들을 보내고 있었다. '포기해. 난 강아지 키울 자격 같은 거 없는 사람이야'라고 생각했다.

남편 홍군과 나는 소개로 만나 3년 정도 연애하고 결혼했다. 처음 만났을 때부터 왠지 이 사람이랑은 결혼하게 될 것 같다고 생각했을 정도로 우리 둘은 성격이 잘 맞았다. 무엇보다 우리는 말이 잘 통했고 가치관도 비슷했다. 힘든 일을 겪은 적도 있지만, 그걸 헤쳐나가는 과정에서 우리의 관계는 오히려 더욱 단단해졌다. 어떤 문제 앞에서든 둘이 함께 고민하고 충분히 대화를 나누다 보면 갈 길이 보였다. 우리 둘은 서로의 입장을 이해하려 늘 부지런히 노력하는 그런 사이였다.

그런 홍군이, 내가 강아지를 입양하고 싶다고 처음 이야기했을 때 진심으로 난감한 표정을 지어 보였다. 웬만해서는 그런 표정을 짓지 않는 사람인데. 우리 둘의 의견이 엇갈렸다는 걸 말하지 않아도 알 수 있었다. 나 역시 처음에는 강아지를 키우는 것에 대해 확신이 없었기에, 계속해서 그 주제로 홍군과 각자의 생각을 나누었다. 그렇게 몇 달간 많은 대화가 오고 갔지만 다른 일들과 달리 강아지 입양 문제는 좀처럼 결론이 나지 않았다.

솔직히 나는 홍군이 강아지 입양을 반대할 거라고 예상하지 못했다. 만약 나의 동반자가 강아지를 싫어하는 거라면, 또 키우기 싫은 거라면 나도 어쩔 수 없이 포기했을 것이다. 하지만 홍군 역시 나처럼 강아지를 좋아했고 심지어 신혼 때부터 "우리 나중에 강아지 키우자"라는 말도 자주 해왔었다. 하지만 나는 '지금'이 포인트였고, 홍군은 '나중에'가 포인트였다. 결국 시점의 차이일 뿐이니 어떻게든 타협이 될 거라 생각했다.

하지만 알고 보니 문제는 시점이 아니라 관점에 있었다. 나는 경제적인 문제나 강아지를 키울 경우 우리가 희생해야 하는 것들, 그러니까 '보호자의 입장'에서 강아지 입양을 많이 고민해 왔다. 하지만 홍군의 시각은 달랐다. "강아지는 밖에서 뛰노는 본능을 가진 동물인데, 이런 좁은 공간에 살면서 과연 행복할 수 있을까?" 같은 것들이 그의 주된 고민거리였다. 우리는 언젠가 정원이 딸린 주택에 살고 싶다는 꿈을 가지고 있었는데, 그 꿈을 이룰 때쯤 강아지를 입양하는 게 좋을 것 같다고 그는 이야기했다. 훨씬 강아지의 입장에 치우친 논리였다.

우리는 둘 다 강아지를 키워 본 경험이 있었지만 그 모습이 조금 달랐다. 홍군은 실내에서 강아지를 키워본 적은 없었고, 대신 부모님께서 시골집 앞에 강아지를 묶어놓고 키우셨다. 연애할 적에 홍군은 그 강아지에 대해 종종 이야기하곤 했는데, 묶여있는 녀석을 보며 항상 마음이 안 좋았다고 했다. 그 불편한 마음이 쌓이다 보니 환경이 갖춰지지 않은 상태로 강아지를 키우는 건 안 될 일이라고 생각하게 되었다. 물론 그가 생각하는 '갖춰진 환경'에 아파트는 없었다.

반면 나는 11년 동안 아파트에서 시츄를 키웠다. 내가 초등학교 6학년일 때 우리 집에 왔으니 벌써 거의 20년 전의 일이다. 당시에는 지금처럼 반려동물에 대한 정보가 많지 않았다. 그때는 반려견이라는 단어조차 없었고 애완견이라는 단어만 있었다. '반려'는 서로 동등한 관계로 짝이 되는 동무를 뜻하지만, '애완'의 '완'자는 '희롱할 완玩'자를 쓴다. 강아지를 사람을 즐겁게 해주는 수단으로 여겼던 그때의 인식을 알 수 있다. 비슷한 예로, 지금은 강아지 키우는 사람을 '보호자'라고들 하지만 그때는 말 그대로 '주인'이었다. 식구들은 강아지를 가족의 구성원 중 하나로서 진심으로 사랑하고 예뻐했으나 그 방식이 지금과는 조금 달랐다. 애완견은 주인에게 복종하는 존재라는 인식도 비일비재했다.

당시 나를 포함하여 내 주변에 강아지를 키우는 친구들은 많았지만 일주일에 한 번이라도 강아지를 산책시켜주는 사람은 거의 없었다. 하지만 지금은 매일 강아지와 산책을 나가는 보호자가 많다. 특히 실외에서만 배변을 하는 강아지의 경우 비가 오나 눈이 오나 하루에 네 번씩 산책을 나가기도 한다. 이런 걸 보면 지난 20년간 반려견에 대한 인식이 많이 바뀐 건 사실이다.

나 역시 11년간 키웠던 시츄인 꾸부에게 너무 못 해주었다는 죄책감이 항상 자리 잡고 있었다. 그랬기에 홍군처럼 '우리가 강아지를 행복하게 해줄 수 있을지'에 대한 걱정과 의심이 컸던 것도 사실이다. 하지만 꾸부를 키웠을 때와 비교한다면 지금은 내가 해줄 수 있는 것들이 훨씬 많을 거라 믿었다. 일단 그 시절의 나는 너무 어렸다. 무엇을 어떻게 해주어야 하는지도 모른 채 애정만 표현할 줄 알았다. 그때 못 해준 것들을 오래도록 후회해 왔기에, 이제는 강아지에게 무엇을 어떻게 해주어야 할지가 좀 더 명확하게 그려졌다. 마침 세상도 반려동물의 행복을 중요시하는 방향으로 나아가고 있었고, 내가 노력만 한다면 그 변화에 함께 탑승할 수 있을 것이었다. 비록 난 당장은 백수였지만 그만큼 강아지와 함께 할 시간이 많았다. 무엇보다 이전의 후회를 되풀이하지 않기 위해 나의 많은 부분을 쏟아부을 의지가 있었다.

그래서 조심스레 생각했다. 난 유기견을 입양하여, 새로운 견생을 선물하고, 매일 함께 산책도 나갈 것이며, 강아지가 우리와 잘 어우러져 살도록 훈련도 다양하게 시킬 것이다. 가능한 한 좋은 사료를 먹일 것이고, 매 순간 애정을 듬뿍 줄 것이다. 당장은 강아지를 집에 혼자 두는 일도 많지 않을 것이다. 그 정도면 나름 괜찮은 견생 아닐까. 강아지에게 "너 행복하니?"라고 묻는다 해도 그 대답은 평생 알 수 없겠지만.

홍군과 나의 견해는 비슷한 듯 달라서 쉽사리 좁혀지지 않았다. 사실 홍군의 말을 듣다 보면 나의 주장은 한없이 작아질 수밖에 없었다. 요즘이야말로 강아지들이 사람보다 더 호강하는 세상이라고들 하지 않는가. 예쁜 옷을 입히고, 생일이라며 케이크를 먹이고, 강아지 유치원에 데려간다. 심지어 강아지가 스파와 마사지를 받는 숍도 있다. 그런데 문제는, 이 모든 게 진정 강아지가 원하는 일이냐는 거다. 동물을 소유하고, 실내에 가두어 놓고 키운다는 것 자체가 그저 인간의 이기적인 생각은 아닐까? 이런 원초적인 문제들을 묻고 따지기 시작하다 보면 나 역시 자신이 없어졌다.

하지만 인정할 수밖에 없는 그의 논리 속에 빠져들다가도 나는 결국 남편을 설득해야만 했다. 강아지와 함께하는 삶을 간절히 원했으니까. 또, 포기해 보려 백번 천번 노력해 보았지만 결국 포기가 안 되었으니까. 부끄럽지만 내 욕심이 그랬다.

"오빠 말이 맞아. 나도 그렇게 생각해. 하지만…."

개는 인간과 함께 사는 방식으로 진화해 왔다. 그러니 인간과 함께할 때 개는 충분히 행복할 수 있을 것이다. 그리고 오피스텔에서 키우든, 야외에서 키우든, 주택에서 키우든, 사는 환경이 좋다고 해서 무조건 더 행복한 것은 아니다. 재벌집에서 자란 아이의 인생이 행복하리라는 보장이 없는 것처럼 말이다. 이것이 나의 마지막 주장이었다.

사실 홍군은 애초부터 강아지를 키우고 싶어 매일 우는 아내를 이길 생각 같은 건 없었다. 내가 갈팡질팡하며 마음의 결정을 내리지 못할 때 중립을 지키고 있었을 뿐. 나는 욕심만 부릴 줄 알았지, 그 책임에 대해서는 솔직히 두려운 감정이 가장 컸다. 마음속으로는 홍군이 그 걱정을 함께 덜어주기를, 내 부담을 같이 나누어주기를 바랐던 것 같다. 그래서 한 번도 먼저 자신 있게 "강아지 키우자. 나 준비됐어"라고 말한 적 없었다. 홍군의 입에서 긍정적인 말이 나오면 그 틈에 나의 부담을 나눈 뒤, 후련하게 강아지를 데려오고 싶은 간사한 마음에서였다. 하지만 마지막에는 그런 바람을 모두 던져버린 채 솔직해져 보기로 했다. 나는 포기하지 못하겠다고. 그러니 강아지를 입양하면, 그 아이의 행복을 위해 최선을 다해보겠다고. 내 책임을 다하겠다고. 비로소 확신을 가지고 내 나름의 논리를 주장하자, 결국 홍군의 마음도 조금씩 강아지를 입양하는 쪽으로 기울었다. 마침내 내가 달콩이의 입양 공고를 보여주며 "이 친구 꼭 입양하고 싶어"라고 말했을 때 그는 대답했다.

"좋아. 우리 강아지 입양하자. 여보, 고생 많았어."

2세 소식도 아니고,
뭐, 강아지?

고민에 고민을 거듭하고 동반자까지 설득해서 드디어 달콩이를 우리 집에 입성시키는 데 성공했다. 하지만 이걸로 끝이 아니었다.

달콩이를 집에 데려온 다음 날이 되어서야 나는 조심스레 부모님께 전화를 걸었다. 그리고 머뭇거리며 달콩이 입양 소식을 알렸다. 사실 입양 전에 말씀드릴까 여러 번 고민했지만, 내가 아무리 어렵게 결정한 일이라고 설명해도 무작정 반대만 하실까 봐 그러지 않았다. 강아지 입양 소식을 들은 엄마와 아빠의 반응은 예상했던 것 그 이상으로 싸늘했다. 다시 돌려보내라고까지 말씀하시기에 그런 일은 절대 없을 거라고 못을 박고는 엉엉 울었다. 결혼을 하고 부모님으로부터 독립한 지 2년이 지났지만, 부모님의 허락 없이 무언가를 행하는 건 여전히 어려운 일이었다.

그날 엄마는 바로 우리 집에 오셨다. 마침 김치를 새로 담가서 갖다주려던 참이었는데 그런 깜짝 소식을 듣게 되어 너무나도 충격이라고 하셨다. 강아지를 입양한 게 충격까지 받으실 일인지 처음에는 잘 이해하지 못했다.

듣다 보니 엄마는, 결혼한 지 벌써 2년이 지났는데 낳으라는 애는 안 낳고, 같은 내용을 꽤 상기된 목소리로 말씀하고 계셨다. 엄마도 그동안 2세에 대한 이야기를 하고 싶어도 내 눈치를 보며 꾹꾹 참아오셨기에 그날 폭발하신 거였다. '아. 그것 때문에 충격을 받으신 거구나.' 나는 그제야 알아챘다. 솔직히 부모님이 그런 측면에서 실망하실 거라고는 생각하지 못했다. 강아지를 키우는 데에는 돈도 시간도 많이 드니 별로 안 좋아하실 거라 추측했을 뿐이었다.

코로나 때문에 마스크를 낀 채, 엄마와 멀찍이 떨어져서는, 내 옆에서 무심하게 자고 있는 달콩이를 만지며 눈물과 콧물을 끊임없이 쏟아냈다. 그러면서 나 역시 무언가를 계속 해서 이야기했다.

"엄마, 한 번만이라도…. 제 행복만 생각하고 싶어요. 현실도 중요하지만, 가끔은 당장 원하는 일을 철없이 저질러버릴 줄도 아는 사람이 되고 싶어요. 이기적이고 속없는 사람이라고 하셔도 좋아요. 제가 그토록 간절히 바랐던 일이고, 지금 저는 달콩이가 있어서 행복해요. 그럼 된 거 아니에요?"

훌쩍, 훌쩍, 크흥. 혼을 내러 왔는데 혼을 낼 수가 없을 정도로 요란하게 우는 나를 속상한 얼굴로 쳐다보며, 엄마는 목이 타는지 물만 벌컥벌컥 들이키셨다.

그래. 엄마가 나를 보며 갑갑할 만도 했다. 그때의 나는 어린아이 같았으니까. 원래 나는 욕망을 잘 억누르는 사람이었다. 먹고 싶은 거, 사고 싶은 거, 입고 싶은 거, 하고 싶은 게 생겨도 잘 참았다. 고집 있는 성격을 가졌음에도 무언가를 포기해야 하는 상황과 환경에 닥치면, 매일 눈물을 흘리는 한이 있더라도 결국 포기했다. 하고 싶은 것보다는 해야만 하는 것을 선택하는 삶에 익숙했고, 그게 더 쉬운 길이라 생각하며 살아왔다. 그런데 성인이 되고 학생의 신분까지 벗어던진 뒤로는 이렇게 한 번씩 일을 저질렀다. 결혼 전, 여행에 푹

빠졌던 이십 대 후반에는 부모님께 "저 6개월 뒤에 떠나는 비행기 티켓 샀어요. 일주일 동안 혼자 여행할 거예요"라고 통보한 적도 있었다. 아빠는 혼자 여행이라니 그게 무슨 말이냐고 당장 환불하라고 버럭 화를 내셨는데, 그때도 나는 똑같이 요란하게 울었더랬다. 언제부턴가 포기가 잘 안 되는 일들이 생겼다. 안 되는 상황과 부딪혀 싸워서라도 지켜내고 싶은 나의 행복이, 즐거움이.

"엄마. 제가 왜 아이 낳기 두려워하는지 아세요? 저 닮아서 너무 예민하고 여릴까 봐, 그래서 저처럼 세상 살기 힘들까 봐 무서운 거예요. 이 두려움을 깨는 방법은 제 마음을 잘 치유하는 수밖에 없어요. 저부터가 살 만해져야 '아, 내 아이도 살 만하겠구나'라는 생각이 들죠."

그날 엄마는 우리 집을 나설 때까지도 완전히 마음을 풀지 않으셨다. 나는 속상하기도 했지만 한편으로는 지독하게 후련하기도 했다. 평소 하고 싶었던 말을 다 털어놓았다는 점에서 나름대로 의미 있는 언쟁이었달까. 엄마 역시 충격에서 헤어 나오지 못했을 뿐, 나의 이야기를 끝까지 들어보시며 이해하려 노력하셨다. 여전히 잔재하는 나의 우울한 정서를 걱정하셨고, 내가 마음이 불안하여 의지할 곳이 필요하니 강아지에게 집착하게 되는 거라고 하셨다. 아니에요, 엄마. 절대 그런 거 아니에요. 난 엄마의 말을 강하게 부정했다. 의지할 구석은 나 자신과 남편만으로도 충분하다고, 강아지에게 의지하려는 게 아니라 그저 강아지가 좋아서 그런 거라고 열심히 설명했으나 엄마는 믿지 않는 눈치였다.

그때는 그걸 인정하는 게 자존심이 무척 상했다. 어떤 존재에 의지하려는 나약한 사람으로 보이고 싶지 않았다. 퇴사 후 내가 힘든 시간을 보내고 있다는 것조차 잘 인정하려 하지 않았다. 그 시간 동안 이미 홍군에게 상당 부분 의지하고 있었고, 홍군이 나에게 워낙 든든한 존재가 되어주었기에 더 그랬다. 나는 감사해야 해, 나는 행복한 사람이야, 주문을 외우곤 했고, 그 이상을 바라는 건 나의 욕심이라 생각했다.

그래서 더 세차게 부정했다. 그거랑은 관계없는 일이야. 나는 그저 귀여운 강아지랑 즐거운 시간을 보내고 싶을 뿐이야, 라고. 하지만 지나고 생각해 보니 엄마 말이 맞았던 것도 같다. 그때의 난 아마 마음 둘 곳이 필요했던 걸지도. 홍군이 얼마나 의지가 되는 존재인지와는 별개로 나 혼자 견뎌내야만 하는 시간들이 있었다. 집에서 혼자 보내는 하루를 잘게

쪼개다 보면, 그 사이사이를 타고 너무나 복잡한 생각과 감정들이 흘러갔고, 그렇게 보잘것없는 순간들까지 홍군과 모두 나눌 수는 없었다. 나누는 게 오히려 더 괴로워서 나누지 않을 때도 많았다. '난 외롭지 않아. 이렇게 사랑받고 사는데 외로움을 느낄 자격이 어디 있겠어. 나 혼자 있는 거 좋아하잖아. 혼자 지내서 정말 좋아'라고 줄곧 생각했는데, 그게 진심이었는지 그런 척했던 건지는 여전히 잘 모르겠다.

후끈하고도 축축한 엄마와의 대화는 애매모호하게 끝이 났고, 엄마는 그 와중에도 김치와 반찬을 냉장고에 가득 넣어주신 채 우리 집을 떠나셨다.

다음 날 아침 일찍 아빠로부터 전화가 왔다. 전날 너무 많이 울어서 두꺼비눈이 된 나는 한껏 긴장한 채 목소리를 가다듬고 전화를 받았다. 아빠는 뜻밖의 이야기를 건네셨다.

"우리 딸, 인생 너무 복잡하게 생각하지 말고 달콩이랑 홍서방이랑 재미있게 지내. 그리고 아빠도 달콩이 궁금하니까 조만간 꼭 보여줘. 알았지? 아빠도 네 나이 때 정말 힘들었어. 이해해. 그러니까 너를 너무 괴롭히지 말고 살아."

본래 '젊었을 땐 무조건 고생해야 한다' 주의인 아빠. 그랬기에 그저 즐겁게 살라는 아빠의 말을 들었을 때 나는 조금 놀랐다. 큼직한 조각 얼음들 위에 탄산이 가득한 콜라를 붓는 기분이었달까. 갑자기 느껴지는 이질감에 놀란 얼음이 타닥타닥 갈라지다가, 이내 자연스럽게 녹으며 시원한 콜라가 되는 것처럼. 나 역시 잠시 어리둥절했지만 이내 아빠의 마음을 받아들이고는 그 기쁜 마음을 만끽했다. 나를 엄격하게 키우셨지만 그 누구보다 나를 잘 이해하는 건 결국 아빠였다. 난 아빠를 닮았으니까.

엄마는 그날 이후 며칠간 연락을 하지 않으셨지만, 일주일이 채 되지 않아 우리는 다시 자연스럽게 근황을 주고받았다. 엄마는 한동안 강아지에 대해서는 절대 언급하지 않으시다가, 곧 내가 은근슬쩍 꺼내는 달콩이 이야기에도 "으이구"라고 대답하시게 되었다. 으이구, 세 글자 안에는 많은 의미가 내포되어 있기 마련이다. 그렇기에 으이구, 라는 말을 들었을 때 나는 속으로 '됐다, 됐어!'를 외쳤다.

그동안 내가 원하는 걸 부모님이 처음부터 흔쾌히 인정해 주신 경우는 많지 않았다. 원래 부모님은 자식을 걱정하니까. 뭔가 일반적이지 않거나 위험해 보이면 일단 안 된다는 말로 시작하시곤 했다. 그러면 내가 원하는 걸 부모님이 이해하실 수 있게 설득을 해야 하는데, 나는 원체 우유부단하고 사람을 설득하는 데 젬병이었다. 이성적이고 논리적으로 부모님을 설득하기보다는 항상 감정으로 호소하다가 고꾸라지곤 했다. 이번에도 역시 이성과는 거리가 한참 먼 상태로 부모님과 우당탕탕 부딪혔지만, 그래도 끝까지 내가 원하는 걸 이야기했다. 다섯 살짜리 꼬마애처럼 울면서 하는 이야기를 부모님은 진지하게 들어주셨고, 결국에는 내 손을 들어주셨다. 참, 어렵게 어렵게 달콩이를 가족으로 인정받았다.

이렇게 돌아보니 나 빼고 모두가 반대했던 강아지 입양이었다. 주변 사람들이 반대해도 이렇게 독불장군처럼 실천에 옮긴 일이 지금껏 살면서 몇 개나 될까 싶다. 그리고 달콩이와 함께 살고 있는 지금, 그때 나의 선택이 옳았음을 매일 증명하면서 산다.

지금은 부모님이 달콩이를 정말 예뻐하신다. 달콩이가 낯을 많이 가려서 예쁜 짓이라고는 아무것도 하지 않는데도 마냥 예뻐해 주신다. 우리 부부를 '꽁냥이네'라고 부르시던 엄마는 이제 우리 세 식구를 '달콩이네'라고 부르신다. 그리고 엄마는, "달콩이만 보면 이상하게 웃음이 나"라고 이야기하며 달콩이의 눈을 보고 까르르 웃으신다.

우리를
닮지
않았으면
좋겠거늘

내가 이토록 어렵게 자기를 데려왔단 걸 아는지 모르는지, 달콩이는 우리 집에 온 지 하루 만에 이미 적응을 끝낸 듯 보였다. 첫날부터 구석구석을 활보하며 집안을 파악하더니 온갖 것들을 뜯어먹기 시작했다. 특히 물건에 달린 상표 딱지가 질깃하니 씹는 맛이 있는지 상표만 보면 입을 가져다 댔고, 달콩이를 위해 준비해 둔 텐트 모양의 집 옆구리에 달린 상표 역시 야물딱지게 찾아서 잘근잘근 씹어 먹었다. 다행히 가구에는 입을 대지 않았지만 달콩이 마음에 쏙 든 우리의 실내화도 금세 너덜너덜해졌다. 그리고 달콩이는 일명 우다다다 타임, 갑자기 초흥분 상태가 되어 미친 듯이 여기저기를 뛰어다니는 행동을 종종 했다. 우리가 한창 자고 있는 새벽에 침대 옆으로 와서 낑낑 소리를 내며 우릴 깨우기도 했다. 달콩이는 상상했던 것 이상으로 엄청난 에너지를 가진 아이였다. 임보자님 댁에서 지내는 동안에는 모카의 활약에 가려졌거나, 내숭을 떨었던 게 틀림없었다. 밥은 또 얼마나 잘 먹는지. 사료를 주면 씹지도 않고 꿀떡꿀떡 삼키는 바람에 양말 속에 사료를 한 알 한 알 숨겨주었더니 그제야 달콩이는 오도독 씹는 척이라도 해줬다. 나는 달콩이에게 어떤 방법으로 사료를 줄지 매일 연구했다. 안 입는 옷을 세 갈래로 잘라서 머리 땋듯 땋은 다음 그사이에 사료를 끼워 넣기도 했고, 휴지심 사이에 사료를 넣은 뒤 양쪽을 접어서 막기도 했고, 이면지에 사료를 넣고 구겨서 주기도 했다. 달콩이는 앞발로 휴지심을 잡고 까만 코를 처박은 채 휴지심을 북북 뜯으며 그 속에 있는 사료를 찾아 먹었다. 스트레스도 풀고 사료도 천천히 먹게 되니 일석이조였다.

달콩이는 천방지축에다 순진한 강아지였지만, 본의 아니게 우리를 밀고 당기기도 했다. 이유는 잘 몰라도 달콩이는 사람에게 잡히는 걸 유독 싫어했다. 그래서 무슨 목적이든 우리가 먼저 다가가면 일단 도망부터 가고 봤다. 〈톰과 제리〉의 제리처럼 어찌나 잽싸게 요리조리 잘 피해 다니는지. 그 쪼끄만 애 하나 잡는 데에도 매번 한참이 걸렸다. 이전에 시츄를 키웠던 나의 입장에서 보았을 때, 무릇 강아지란 사람의 무릎에 올라오길 워낙 좋아해서 자꾸 다리에 피가 통하지 않게 되는, 하루에도 여러 번 다리의 저릿함을 느끼게 만드는 존재였으나 달콩이는 달랐다. 우리의 발뒤꿈치를 절대 놓치지 않겠다는 양 졸졸 따라다니다가도, 무릎에 앉혀보려 하면 꼭 그 짧둥한 다리로 총총 도망갔다. 그러다 칫, 하고 섭섭해지려고 할 즈음이면 쪼르르 달려와서 놀아달라며 우리의 어깨를 폭신한 앞발로 팡팡 치는 그런 녀석이었다. 다리가 아니라 심장을 저릿하게 만드는 능력이 있었다. 달콩이는 당최 어디로 튈지를 몰랐다. 누구에게도 달콩이의 성격이 어떻다고 딱 잘라 설명하기 어려웠다. 달콩이는 소심한 듯 당차고, 새침데기인 듯 애교쟁이이고, 독립적인 듯 보호자 껌딱지였다.

처음 데려올 적엔 3킬로그램이 조금 넘었던 달콩이. 예방접종 때문에 우린 2주 간격으로 동물병원을 찾았는데, 그때마다 달콩이의 몸무게는 1킬로그램씩 늘었다. "달콩이 아주 무럭무럭 건강하게 잘 자라고 있네요!" 선생님은 항상 흡족한 표정으로 말씀하셨다. 수제비처럼 접혀서 팔랑거리던 달콩이의 두 귀는 성장 과정에서 조금씩 펴졌다. 처음에는 한쪽만 먼저 펴져서 짝짝이였다가 시간이 지나자 두 귀가 모두 하늘로 쫑긋 섰다. 산책 중에 마주친 어떤 어르신께서는 "이거 토끼랑 섞인 거 아니여어?"라고 말씀하시기도 했다. 달콩이는 삑삑 소리가 나는 당근 모양의 장난감을 무척 좋아했는데, 그걸 물고 있을 때면 영락없는 토끼 캐릭터 같았다.

그쯤 되자 나는 달콩이에 대해 좀 더 많은 걸 알게 되었다. 먼저, 달콩이가 마냥 천진난만한 아이는 아니라는 것. 달콩이는 마음이 여렸다. 그리고 다소 예민했다. 내 친구도 같은 시기에 반려견을 입양했는데, 그 아이는 친구가 혼을 내도 기가 죽지 않았다. 반면 달콩이는 조금만 큰 소리를 내도 토끼 같은 귀가 뒤로 먼저 접혔다. 그러고는 곧바로 세상에서 가장 불쌍한 표정으로, 우리로부터 고개를 돌린 채 "꾸웅꾸웅, 헹!"과 같은 강아지 언어를 구사했다. 게다가 패드에 잘 가리던 소변을 아무 데서나 본다든지, 안절부절못한다든지 바로 행동으로 스트레스를 드러냈다. 내가 강아지 마음을 정확히

읽을 수는 없지만 분명 반항하려는 행동은 아니었다.

그렇게 입양한 지 겨우 두 달이 흘렀을 때, 나는 처음과는 많은 부분이 달라진 달콩이를 보았다. 이갈이 때문인지 '개춘기'라도 시작된 건지 양육 방식의 문제인 건지 아니면 함께 있던 자매와 떨어지며 경쟁 상대가 사라져서 그런 건지. 정확한 원인은 알 수 없지만 사료를 잘 먹지 않았고, 산책을 나가지 않으면 배변을 참기도 했으며, 보호자가 옆에 없으면 안 되는 그런 불안한 강아지가 되었다. 게다가 닭이나 연어가 들어간 사료를 먹으면 몸을 긁었다. 달콩이에게는 아무거나 먹일 수 없다는 걸 서서히 알게 되었다.

이런 달콩이를 보며 자책을 많이 했다. 매일 나와 붙어있으니 달콩이의 안 좋은 변화는 모두 내 탓인 것 같아 마음이 좋지 않았다. 하지만 달콩이를 가만히 지켜보니 드는 생각이 있다. 달콩이는 나와 남편을 참 닮았다는 것. 여리고, 예민하고, 불안에 취약하고, 어떤 부분에서 까탈스러운 것까지. 외모마저도 달콩이와 우리는 닮은 구석이 있다. '철딱서니 없어도 좋으니 예민하지만 말아다오!'라고 생각했건만, 우리를 쏙 빼닮은 달콩이가 우리의 반려견이 된 것은 어쩔 수 없는 운명인갑다.

하루는 달콩이가 아침부터 토악질을 하려는지, 아랫배부터 시작된 꿀럭꿀럭이 가슴까지 꿀럭꿀럭 올라왔다. 목에서 꿀꺽꿀꺽 삼키더니 용케 게워 내진 않았지만 그래도 걱정스러워졌다. 예민한 성격 탓에 위장이 안 좋은 내가 매일 챙겨 먹는 양배추를 삶아서 달콩이에게 건넸다. 처음 보는 음식에 코를 킁킁거리며 어색해하던 달콩이는, 이내 달고 부드러운 양배추 맛에 눈뜬 듯 냠냠 씹어서 다 먹었다. 푸흡. 웃을 상황은 아니었는데 웃음이 났다.

"달콩아. 다 닮아도 되는데 제발 내 위장만 닮지 말아 주라. 응? 앞으로 이런 일은 없었으면 좋겠어. 부디 건강하게 커 줘."

이렇게 우리는 서서히 가족이 되어간다.

| 강아지의 부모가 되다니 |

처음에 엄마가 달콩이 입양을 반대하시며 "나중에 아이 낳아서 쏟아야 할 애정과 노력을 강아지한테 먼저 다 쏟아버리면 어떡하니?"라고 말씀하셨을 때, 사실 나는 속으로 콧방귀를 뀌었더랬다.

'어떻게 아이랑 강아지랑 같지…?'

하지만 달콩이를 입양한 뒤 조금 지나서 깨닫게 되었다. 아기 강아지를 키우는 일은 마치 육아 시뮬레이션 같다는 것.

처음 달콩이를 데리고 왔을 때 당황스러웠던 부분이 있다. 달콩이에게 우리 둘을 칭할 때 뭐라고 해야 할지 감이 잘 잡히지 않았다는 것이다. 그러니까, 이전에 수컷 강아지를 키웠을 때의 나는 "꾸부야. '누나'가 밥 줄까?" 같은 식으로 나 자신을 칭했었다. 그런데 달콩이에게는…? 언니, 오빠라고 해야 하나? 그건 좀 이상한데. 어머, 잠깐만. 그럼 우리 엄마, 아빠가 되는 건가?

보통 아이를 가진다면 "우리 이제 엄마, 아빠가 되겠네!"라고 인지한 뒤 10개월 뒤에 아이를 만나게 될 것이다. 하지만 아이 계획도 없던 우리가 이런 식으로 갑자기 엄마, 아빠라는 타이틀을 달게 될 줄은 꿈에도 몰랐다. 강아지 입양을 고민하는 과정에서 수많은 요소를 고려해 보았지만 우리의 호칭은 미처 생각해 보지 못했다. 그저 달콩이 이름 짓기에만 신경을 쏟았을 뿐이었다.

퇴근하고 집에 온 홍군을 향해 꼬리가 떨어져라 반기는 달콩이를 보며 나는 얼떨떨하면서도 어색하게 말했다.

"달콩아. '아빠' 오니까 그렇게 좋아?"

"달콩아. '엄마'랑 오늘 잘 놀았어?"

하하하하…!

결혼한 지 이제 막 2년이 넘은 신혼에 아주 시기적절하게 부양해야 할 생명이 생긴 것이니 우리 둘은 영락없는 엄마와 아빠가 맞았다. 하지만 엄마, 아빠라는 단어를 쓰는 것만으로도 간질간질하니 그저 이상하기만 했다. 강아지를 입양하기 전부터 그 책임감에 대해 많은 대화를 나누었던 우리지만 달콩이를 데려온 뒤 실제 느낀 책임감은 상상 이상이었다. 그렇게 부모가 느낄 법한 감정, 행복과 걱정이 섞인 그 감정을 우리는 조금이나마 알기 시작했다.

3개월령의 강아지는 한창 성장기인지라 매일 아침 눈을 뜨면 달콩이는 조금씩 자라 있었다. 다리가 짧은 달콩이는 성장하는 과정에서 다리는 길어지지 않고 몸만 길쭉해졌다. 영화 〈토이 스토리〉에 등장하는, 허리가 스프링으로 연결된 강아지 슬링키처럼. 달콩이는 길거리 출신이기에 그 핏줄에 누가 섞여 있는지 알 수 없지만 주변에서는 많은 추측들이 오갔다. 짧은 다리로 걸을 때마다 씰룩씰룩 흔들리는 토실한 궁둥이를 보며 누군가는 웰시코기라 말했고, 누군가는 달콩이의 생김새가 완전히 화이트테리어라며, 내가 아무리 믹스견이라고 설명을 해도 "에이, 무슨. 얘 화이트테리어 맞아요"라고 단정 짓기도 했다. 누가 섞였든 누굴 닮았든 간에 달콩이는 세상에 딱 하나뿐인 시고르자브종('시골 잡종'을 그럴듯하게 발음한 표현)이었고, 그래서 우리에게 달콩이의 존재는 더 특별했다.

건강하게 무럭무럭 자라 주는 달콩이에게 고마울 따름이었지만, 한편으로는 점점 한 팔로 안기도 버거울 정도로 무거워지는 달콩이가 좀 더 아가로 머물러주길 바라기도 했다. 부모들이 아이가 천천히 자랐으면 좋겠다고들 이야기하는 것도 왠지 이해가 갔다. 강아지는 보통 한 살까지 큰다고 하는데 이를 사람의 나이로 환산해 보면 무려 열여섯 살이라고 한다. 이처럼 강아지의 시간은 너무나도 빨라서, 내 품에 쏘옥 들어오던 작은 강아지 달콩이는 점점 솜이 빵빵한 쿠션처럼 포근해졌다.

달콩이가 4개월쯤 되었을 때부터는 유치가 하나씩 빠지기 시작했다. 이갈이가 시작된 걸 짐작으로는 알고 있었으나 처음에는 어디가 어떻게 빠졌는지 알 길이 없었다. 이가 간지러워서 괴로워하는 달콩이, 이것저것 사정없이 물어뜯는 달콩이, 그렇게 좋아하는 사료까지 마다하는 달콩이를 지켜보며 어쩔 줄 몰라 했을 뿐이었다. 그러던 어느 날, 홍군이 베란다

바닥에서 달콩이의 유치를 발견했다. 조그마한 요리사 모자처럼 생겨서는 속이 텅 비어있던 달콩이의 앞니. 그 하찮고도 소중한 치아를 받아 드는 순간 내 마음속에는 지잉, 심벌즈가 크게 울렸다. 생명을 키우며 느끼는 감동이 바로 이런 것이구나…. 영구치가 나면서 그 자리에 있던 유치가 밀려나 자연스럽게 빠지는 것. 생명이 가진 신비와 그 질서가 새삼 대단하다 느껴졌다. 그 뒤로 이갈이가 끝날 때까지 나는 매번 방바닥을 손으로 훑어가며 달콩이의 자그마한 유치를 찾아냈다. 그렇게 모은 유치는 플라스틱 약통에 소중히 보관해 두고 자주 꺼내 보게 되었다. 제대로 된 치아를 갖기 전에 임시로 붙어있었던 이 치아들이 여전히 신기하기만 하다.

아기 달콩이의 성장 과정을 함께 하며 느낀 점은, 달콩이는 우리의 행동 하나하나에 큰 영향을 받고, 어떻게 훈육하는지에 따라 완전히 다른 강아지가 된다는 것이다. 어떤 간식을 먹이냐에 따라 건강이나 피부 상태가 눈에 띄게 달라지고, 먹이는 사료의 양에 따라 몸무게가 빠르게 늘거나 줄기도 한다. 달콩이를 키우는 첫 1년간 초보 엄마에게는 모든 일이 어려웠다. 안 그래도 결정을 잘 못하는 성격인데 달콩이를 키우면서는 매 순간이 결정의 연속이었다. 무엇보다 그 결정이 달콩이에게 이로운지, 과연 좋은 방향으로 가고 있는 건지 알 수 없다는 게 가장 답답했다. 달콩이가 한 살이 되기 전, 한창 말썽을 부리고 훈련조차 잘 통하지 않았던 그때는 어찌나 모든 게 고민스러웠는지 잠을 못 잘 정도였다. 달콩이가 택배 상자에서 나온 실리카겔을 뜯어 먹었을 때, 산책을 하다가 풀숲에 떨어져 있는 닭 뼈를 주워 먹고 피부가 완전히 뒤집어졌을 때, 놀이터에서 신나게 뛰다가 다리를 삐끗해서 절뚝거렸을 때, 어떤 강아지에게 뒷다리를 물렸을 때. 나는 예상치 못한 일들을 맞닥뜨릴 때마다 당황하고 속상해하고 눈물을 흘렸고, 그러면서도 보호자의 역할을 잊을 수 없어 심각한 얼굴로 해결책을 찾았다. 그렇게 우당탕탕 이런저런 일들을 겪으며 달콩이는 쑥쑥 성장해 가고 있고, 그 과정에 부딪히며 우리 부부 역시 노련한 보호자가 되어가고 있다.

달콩이의 모든 게 우리 둘의 손에 달려있다고 생각하면 여전히 부담이 이만저만이 아니다. 원래도 있는 걱정, 없는 걱정 다 끌어모으는 게 취미인 우리 부부. 달콩이와 가족이 된 뒤로 매일 새로운 걱정거리가 업데이트된다. 하지만 사랑스러운 달콩이의 애교를 보다 보면 '이 맛에 육아하지!'라는 생각, 승리자가 된 것만 같은 만족감을 거둘 수가 없다. 우리는 이미 달콩이가 주는 달콤한 행복에 푹 빠져버렸다. 더 이상 우리에게 엄마, 아빠라는 호칭은 어색하지 않다.

그래서 어떻게 키우고 싶은 건데?

어렸을 적 10년 넘게 강아지를 키워봤으니 반려견에 대해 어느 정도 잘 알고 있다고 생각했다. 매일 똥, 오줌을 치워야 하고 목욕도 시켜주어야 하니 뒷바라지가 쉽지 않다는 것도 알고 있었다. 하지만 주 보호자로서 달콩이를 키워보니 그런 일은 부수적인 것에 불과했다. 노동에 가까우니 오히려 생각 없이 하면 되는 일이었던 것이다. 그 시절 엄마가 반려견의 주 보호자로 지내며 힘들어하셨던 이유는 똥, 오줌, 목욕뿐만이 아닌 아주 복합적인 이유에서였다는 사실을 달콩이를 키우며 깨닫게 되었다. 그런 의미에서 나는 강아지를 처음 키우는 사람과 별반 다를 게 없었다.

"나만 강아지 없어"라는 말이 있을 정도로 요즘은 반려동물과 함께 사는 가구가 흔해졌다. 그래서인지 TV에서도, 유튜브에서도, 인터넷에서도 반려견에 관한 정보를 어렵지 않게 접할 수 있다. 문제는 정보가 많아도 너무 많다는 거다. 무분별하게 쏟아지는 정보들을 줏대 없이 받아들이다 보면 이도 저도 아닌 경우가 되기 십상이다. 다른 분야에서는 그런 정보들을 어느 정도 변별력 있게 솎아낼 줄 알았지만, 강아지를 기르는 데 있어서는 그러기가 쉽지 않았다. 달콩이가 문제 행동을 보인다든지, 어디가 아프다든지 하는 일들은 주로 갑작스럽게 일어났다. 그럴 때마다 나는 가장 먼저 휴대폰 검색창부터 두드렸다. 전문가의 의견이든 그렇지 않든 타인의 경험을 참고해야만 내 마음이 편해졌다.

평소에도 나는 툭하면 유튜브나 검색 포털에 들어가서 어떤 훈련을 어떻게 시켜야 할지 검색했다. 강아지의 경우 2개월에서 4개월 사이가 사회화 시기라고들 하는데, 달콩이는 3개월이 지나 우리 집에 왔다. 이 시기를 놓치면 사회성이 떨어지는 강아지로 자란다나 뭐라나. 괜히 마음이 급해진 나는 더더욱 열정적으로 정보 수집에 몰입했다. 하지만 육아엔 정해진 답이 없다는 말도 있지 않은가. 달콩이의 성향을 무시한 채 급하게 받아들인 훈련 정보들은 달콩이에게서 보기 좋게 튕겨 나오기 일쑤였다. 더구나 이랬다가 저랬다가 갈피를 잡지 못하는 보호자의 모습을 달콩이 역시 온몸으로 느끼고 있는 듯했다.

나와 남편은 달콩이를 최대한 '개의 습성'에 맞추어 키우고자 했다. 나름 어떤 강아지로 키우자는 소신은 있었던 것이다. 온전히 자연에서 키울 환경은 못 되지만, 뛰놀기 좋아하는 개를 집 안으로 들였으니 최대한 활동을 많이 할 수 있도록 했다. TV나 인터넷에서 보이는 정보들은 이런 우리의 의견에 더욱 박차를 가하게 했다. 산책을 많이 하는 강아지, 피곤한 강아지가 행복한 강아지라고 하니 우리는 달콩이가 심심해 보이면 안절부절못했다. 집에서 계속 터그 놀이를 해주고, 장난감을 던지며 놀아주고, 3차 접종 이후로는 거의 매일 산책을 나갔다. 처음 산책을 나갔을 때 겁먹은 듯 눈동자를 굴리던 달콩이는 금세 적응하여 동네 골목길을 누비고 다녔다. 여기까지는 우리가 제법 잘하고 있다고 생각했다.

'엄마는 널 위해서 매일 산책을 나가. 그리고 아빠는 매일 널 위해 터그 놀이를 해주고 있잖아. 달콩아, 어때. 이 정도면 행복하지?'

하지만 그렇게 몇 달 지내다 보니 어딘가 잘못되었음을 느꼈다. 집에서 달콩이는 끊임없이 무언가를 하려고 했다. 본인의 에너지를 주체하지 못해 하루에도 몇 번씩 온 집안을 뛰어다녔다. 아가라서 잠이 워낙 많긴 했지만, 깨어 있는 시간에는 꼭 우리에게 다가와서 놀아달라며 보채고, 달려들고, 멍멍거리고, 우리의 옷을 앙앙 깨물기까지 했다. 그 넘치는 기운을 소진해 주려 노력할수록 달콩이의 에너지는 오히려 더 솟아나는 것 같았다. 게다가 언제부턴가 달콩이는 내가 5분만 외출을 해도 극도로 불안해하며 분리불안 증세를 보였다. 달콩이의 성격이 원체 독립적이라고 여겨왔던 터라, CCTV 속 하울링을 하는 달콩이의 모습을 보며 당혹감이 밀려왔다.

홍군은 퇴근하고 녹초가 되어서도 달콩이와 놀아주어야 한다는 책임감에 장난감을 집어 들었다. 그렇게 올라간 달콩이의 흥분도는 밤늦은 시간까지 떨어질 줄을 몰랐다. 우리끼리만 사는 곳이라면 문제 될 게 뭐가 있겠냐마는. 우리는 벽과 바닥과 천장을 사이에 두고 이웃과 함께 사는 사람들이었다. 그러니 때와 장소를 가리지 않고 날뛰며 짖어대는 달콩이를 보며 우리의 표정은 일그러졌고, 우린 하루에도 수십 번씩 "안 돼!"라는 명령어를 쓰게 되었다. 그때 내가 바라본 달콩이의 얼굴은, 글쎄. 잘은 모르지만 분명 행복한 얼굴은 아니었다. 그건 우리도 마찬가지였다.

미안함과 갑갑함이 실타래처럼 엉켜 내 마음속에 콱, 하고 박혀버렸다. 달콩이만 보면 자꾸 울고 싶어졌다. 잘해보려는 마음과는 반대로 흘러가는 상황에 속이 상했다. 대체 어디서부터 잘못된 건지, 정확히 어떤 게 문제인지 알 수 없었다. 우리 부부는 분리불안 훈련이나, 흥분도를 낮추는 '기다려' 훈련 방법을 찾아서 달콩이에게 시켰다. 달콩이는 식탐이 많은 강아지였기에 사료로 보상을 해주면 훈련을 곧잘 따라왔다. 하지만 이갈이로 이가 불편해지자 달콩이는 딱딱한 사료를 잘 안 먹기 시작했고, 알레르기 때문에 간식도 거의 줄 수 없게 되었다. 그렇게 훈련용으로 쓸 무기까지 사라져 버리자 나는 더 크게 좌절했다.

달콩이와 식구가 되고 난 뒤 반년 정도는 그렇게 늘 냉탕과 온탕을 오갔다. 사랑스럽기 그지없는 달콩이를 보며 행복해하다가도 달콩이가 문제 행동을 할 때면 암담해졌고, 그게 내 탓인 것 같아 자책했다. 누군가 "한 살 지나면 괜찮아져요"라고 스치듯 이야기하는 걸 듣고 실낱같은 희망을 품었을 뿐이었다. 그때의 우리에겐 달콩이를 행복하게 해주어야 한다는 강박과, 달콩이를 바른 강아지로 잘 키워내야 한다는 욕심이 공존했던 것 같다. 당장 달콩이가 하는 행동들이 앞으로의 10년, 20년을 좌지우지할까 봐 겁이 났다. 그렇게 단정 지을 일도, 급하게 생각할 일도 아니었는데. 하물며 사람도, 100세 할머니도 계속해서 변화하는데 고작 3개월짜리 강아지를 두고 뭘 그리 조급하게 굴었는지.

기나긴 이갈이 준비를 끝낸 뒤 본격적으로 이가 빠지기 시작한 달콩이는 어째 기운마저 함께 쪽 빠져버렸고, 큼직한 어금니가 빠지기 전 며칠 동안은 밤새 까드득 까드득 소리까지 내며 아파하는 바람에 우리 부부는 걱정으로 같이 밤잠을 설쳤다. 달콩이의 에너지를 감당하지 못해 힘들어했던 시간들도 금세 잊은 채 맥없이 축 처진 달콩이를 보며 안타까워했다. 그렇게 한 생명을 키우는 게 얼마나 어려운 일인지, 또 얼마나 변덕스럽게 상황이 바뀌는지 온몸으로 느끼고 겪었다.

달콩이의 흥분이 한풀 꺾인 뒤로 우리는 집이 쉬는 공간이라는 걸, 달콩이가 원할 때마다 놀 수 있는 곳이 아니란 걸 천천히 가르쳤다. 이갈이를 끝낸 달콩이가 다시 기운을 차려 놀아달라고 보채기 시작했을 때도 들어주지 않았고 달콩이가 흥분하는 모습을 보일 때마다 침착하려 노력했다. 달콩이의 에너지는 최대한 산책으로 풀었다.

아무리 놀아줘도 만족을 모르던 달콩이는 비로소 집에서 쉬는 법을 알게 된 듯했다. 소파에 얌전히 누워 다음 놀이 시간을 은근히 기다리고 있는 달콩이의 모습을 흐뭇하게 바라보며 생각했다. 상대가 원하는 걸 다 들어주는 게 사랑이 아니란 걸. '널 위해서'라는 말들도 결국 내가 만들어 둔 틀 속에서 내 위주로 부린 욕심이었던 것 같다. 진정으로 달콩이를 위한다면, 주어진 환경 속에서 우리 모두가 오래도록 발맞추며 살아갈 방법을 찾아야 할 것이다. 그 아무리 달콩이를 즐겁게 해준다 한들 우리 셋이 함께 행복하지 않으면 다 소용없는 일이다. 우린 한 지붕 아래 사는 가족이니까.

분리불안,
어쩌다 생긴 걸까?

달콩이의 분리불안 훈련이 어려웠던 이유는 달콩이가 현관문을 너무 잘 구분하기 때문이었다. 달콩이에게 "기다려"라고 말하고 방문을 닫고 들어가도, 보이지 않는 곳으로 최대한 멀리 멀어져도 달콩이는 잘 기다렸다. 심지어 내가 방안에 문을 닫고 들어간 채로 한 시간이 넘게 있어도 달콩이는 괜찮았다. 이 모든 걸 잘 견디다가도 현관문만 열면 달콩이는 필사적으로 쫓아와서 문도 못 닫게 했다. 실랑이를 하다가 억지로 문을 닫고 나가면 달콩이는 더 목 놓아 울었다. 분리불안에 좋다는 노즈워크(개의 후각을 활용한 모든 활동. 보통 간식을 안 보이는 곳에 숨겨두고 강아지가 냄새로 찾게 하는 놀이를 칭한다.)를 해주고 나가니 처음에는 어느 정도 효과가 있었다. 하지만 자기가 정신이 팔린 사이 내가 나가버렸다는 사실에 달콩이는 몇 배는 더 큰 배신감과 분노를 느끼는 듯했다. 그 뒤로는 노즈워크를 해주어도 효과가 전혀 없게 되었다.

분리불안은 우리 식구들에게도 괴로운 일이지만 이웃집에 피해를 줄 수도 있는 일이기에 더더욱 마음이 힘들었다. 우리 부부는 결혼할 때 나름 고가의 블루투스 스피커를 선물 받았음에도, 그 스피커로 음악을 틀지 못할 정도로 이웃에게 피해 주는 걸 극도로 조심해 왔다. 달콩이를 입양한 뒤에도 바닥 소음이 걱정되어 온 집안을 러그와 매트로 도배하다시피 했다. 그랬기에 나는 CCTV 너머로 짖고 있는 달콩이를 볼 때마다 앞집, 아랫집, 윗집을 떠올리며 불안해했다.

하루는 엘리베이터에서 마주친 앞집 아주머니께 달콩이가 짖어서 너무 죄송하다고 말씀드렸다. 아주머니는 본인의 집이 더 시끄러우니 절대 마음 쓰지 말라며 손사래를 치셨다. 앞집에는 하루가 멀다 하고 돌고래 창법으로 소리를 질러대는 어린 남매가 산다. 그래서 차라리 다행이라고, 우리 부부는 생각했다.

달콩이의 분리불안이 심해지자 우리는 여러 가지 훈련 방법들을 찾아보다가 가장 하기 싫지만 가장 효과가 좋을 것으로 기대되는 방법을 비장의 무기로 택했다. 방법은 아주 쉬웠다. 달콩이를 그저 없는 존재처럼 무시하는 것이었다. 분리불안이 보호자와의 잘못된 애착 관계로부터 생긴다는 가정으로부터 착안한 훈련이었다. 하지만 이건 말로만 쉬운 일이었다. 요 퐁실퐁실하고 귀여운 생명체가 발 꽁무니를 졸졸 따라다니며 꼬리를 살랑살랑 흔드는데, 자꾸만 우리 앞에서 뽀얀 배를 뒤집는데, 삑삑이 장난감을 물며 구슬픈 소리를 내는데, 안 그래도 억울하게 생긴 눈으로 불쌍하게 쳐다보는데! 어찌 모르는 척을 하겠냐는 말이다. 그래도 마음을 굳게 먹고 하루 정도 달콩이를 최대한 투명견 취급하는 데 성공했다. 그러고 난 뒤 밖에 잠깐 나가보았더니, 놀랍게도 달콩이는 짖지 않았다. 하지만 겨우 하루를 성공하고서 나는 결국 눈물을 터트렸다.

"오빠. 나 이거 도저히 못 하겠어. 못 해. 안 할래."

그건 홍군도 마찬가지였다.

결국 남들이 알려주는 훈련 방식을 따라 하는 건 미뤄두기로 했다. 당장은 내가 출근을 하지 않으니 오랫동안 집을 비울 일도 없었다. 오래 집을 비우게 될지도 모르는 그날까지, 차근차근 해나가는 것이 좋겠다고 생각했다. 달콩이의 성향에 집중하며 이 문제를 천천히 해결해 보고 싶었다.

'내가 외출하는 게 왜 그렇게까지 서러울까?'

둘이 하루 종일 붙어있다는 문제도 분명히 있겠지만, 어쩐지 내가 나가는 과정이 달콩이에게 너무 자극적일지도 모르겠다는 생각이 들었다. 우리 집은 20년이 지난 아파트로, 오랜 세월 동안 현관문이 틀어졌는지 문틀과 잘 맞지 않아서 아주 빽빽했다. 문을 힘껏 누르면서 닫아도 자동 잠금이 안 되어 '삐뽀삐뽀' 소리가 나기 일쑤였다. 안 그래도 달콩이는 귀가 쫑긋 서 있어서 소리에 예민한데, 문을 여닫는 과정에서 너무나도 다양한 소리가 났다. 띠리링, 번호 키를 여는 소리부터 시작해서, 끼이익, 꾸이익, 쾅, 삐빅삐빅, 뜨든…. 뭐 이런 소리들 말이다. 엄마가 자기를 두고 나가는 것도 슬픈데 문까지 요란하게 닫고 가버리니 더욱 서러워지는 게 아닐까, 하는 생각이 문득 들었다. 게다가 달콩이가 가지 말라고 신발장까지 쫓아 나올 때면 나는 나오지 못하게 급히 문을 닫곤 했다. 그마저도 문이 뻑뻑해서 느리게 닫히니 달콩이는 어느새 현관문 틈새를 지나 복도까지 나왔다. 그 좁은 복도에서도 어찌나 잽싸게 도망다니던지. 그렇게까지 싫다는 달콩이를 억지로 잡고, 안아서, 집에다 넣어두고는, 휑 떠나가 버렸으니. 달콩이 입장에서는 서러울 수밖에 없을 일이었다. 그러니 엄마가 떠난 자리에서 그렇게나 서럽게 "아우우우" 소리를 내며 울었겠지.

고민 끝에 우리는 신발장 앞쪽에 안전문을 설치했다. 내가 현관문을 열고 나가도 졸졸 따라와서 보챌 수 없는 환경이 되자 달콩이는 금방 체념하는 듯했다. 실랑이하는 과정이 사라지고 나니 달콩이 혼자 집에 남아있어도 하울링을 하거나 불안해하는 모습이 줄었다. 이렇게 안전문 설치만으로도 효과를 보았지만, 나는 달콩이의 귀가 예민하다는 사실에 다시 한번 초점을 맞추었다. 즉, 외출할 때 나는 모든 소음을 최대한 줄이기 위해 애썼다. 안전문을 열고 닫을 때도, 신발을 신을 때도, 최대한 소리가 나지 않도록, 아주 조심스럽게, 그리고 소심하게 행동했다. 번호 키는 버튼 하나만 누르면 자동으로 잠금이 풀리지만 그 소리마저 나지 못하게 수동으로 잠금을 풀었다. 문을 열 때도, 문을 닫을 때도 최대한 살포시, 슬그머니, 느리게 행동했다. 이렇게 행동한 뒤로 신기하게도 달콩이의 분리불안은 거의 사라졌다. 타인이 일러주는 방식만 따르기보다 달콩이 성향 자체에 집중한 덕이다.

달콩이가 집에 혼자 있을 때에는 주로 문 앞에서 잠만 잔다는 사실은 마음이 아프지만 그 역시 차근차근 훈련을 하다 보면 나아질 거라고 믿는다. 모든 훈련은 한 번에 이루어지지 않는다는 걸, 나의 강아지에게 맞는 방법을 찾아가는 과정에서 우여곡절이 필요하다는 걸, 또 아무리 맞는 방법을 찾았다 해도 꾸준한 노력과 기다림의 시간이 필요하다는 걸 조금씩 알게 되었다. 요즘은 외출 전에 방 곳곳에 간식을 조금씩 숨겨두는데, 현관문이 닫히고 엘리베이터 문이 닫히는 소리까지 들리고 나면 달콩이는 신나게 방을 뒤지면서 간식을 찾는다. CCTV 너머로 그런 모습을 볼 때마다 나는 "어휴, 우리 달콩이 기특하다!"라며 감격한다.

달콩아, 앞으로 우리가 없을 때도 신나게 놀아줘. 우리가 섭섭해질 정도로 혼자서도 잘 지내줘. 제발.

산책견으로 키우다 보니

아기 강아지는 면역력이 약하기 때문에 예방접종을 맞아야 한다. 보통 2주 간격으로 5차 접종까지 하는데, 접종이 끝나기 전에는 바이러스에 감염될 수도 있어서 산책을 자제하라고 권한다. 그래도 3차 접종이 끝나면 가볍게 산책해도 괜찮다는 이야기를 듣고 나는 3차 접종이 끝나기만을 기다렸다. 그전에도 집에만 있을 수는 없어서 달콩이를 가방에 넣은 채로 나가서 콧바람을 쏘여주고 세상 구경을 시켜줬다. 그리고 3차 접종이 끝나자 매일 달콩이와 동네 산책을 나갔다.

산책은 달콩이의 에너지와 스트레스를 가장 건강하게 풀 수 있는 수단이었다. 많은 전문가 역시 강아지에게는 산책이 만병통치약이라며 입을 모아 말했다. 분리불안에도 좋다고 하니 하루에 한 번씩 산책을 나가는 게 마땅한 나의 의무였다.

달콩이와의 산책은 나의 시간과 의지만으로 쉽게 해결되는 일은 아니었다. 밖에 나가려면 하네스를 채워야 하는데, 왠지 모르지만 달콩이는 사람에게 붙잡히는 걸 무서워했다. 보호자인 나조차도 예외는 아니었다. 그래서 하네스를 들고 달콩이와 한바탕 술래잡기를 하고 나서야 집 밖을 나갈 수 있었다. 매일 산책을 제대로 시작하기도 전에 잔뜩 지친 얼굴로 엘리베이터를 탔다. 원래 '산책'이라는 단어만 꺼내도 당장 나가자고 조르는 게 보통의 강아지들 아닌가…. 하여간 달콩이는 알 수 없는 강아지였다.

그렇게 겨우 밖으로 나가면, 내가 달콩이를 산책시키는 건지 달콩이가 날 산책시키는 건지 헷갈릴 만큼 달콩이에게 질질 끌려다녔다(이렇게 좋아할 거면서 대체 왜 도망 다닌 건데!). 가고 싶은 곳이 생겼다 하면 달콩이는 리드줄의 영혼까지 당기겠다는 심산으로 처절하게 앞발을 굴렀다. 이런 고집불통 같으니. 해야 할 훈련이 태산이로구나. 나는 입술을 퉁퉁하게 내밀고 투덜거렸다.

하지만 짧은 다리로 앞장서 나가면서 꼬리를 팔랑팔랑 흔드는 달콩이를 지켜보다 보면 금세 기분이 좋아졌다. 가다가 나비라도 만나는 날이면 디즈니 만화 영화에서나 나올 법한 장면이 연출되곤 했다. 달콩이는 풀숲에서 나비를 향해 깡충깡충 뛰고, 나비는 8자를 그리며 도망갈 듯 말 듯 달콩이 주변을 맴돌다가 이내 높은 하늘로 날아갔다. 맨날 새를 마주하는데도 나뭇가지 위에서 새소리가 들리면 달콩이는 가던 걸음을 멈추고 새를 빤히 쳐다보았다. 작은 키로 그 높은 곳을 가만히 응시하는 달콩이의 모습은 사랑스러움 그 자체였다. 백수 신분에다 코로나바이러스의 기승으로 밖을 거의 나가지 않던 나에게는 달콩이를 위한 산책이 곧 나를 위한 산책이었다.

달콩이와 함께하는 산책은 쉽지만은 않았지만 그래도 언제나 뿌듯하고 만족스러웠다. 산책을 하면 할수록, 훈련을 시키면 시킬수록 달콩이가 억지로 줄을 잡아당기는 횟수도 점점 줄어들었다. 이대로 참 좋다고 생각했다. 하지만 마냥 이로울 줄 알았던 산책마저도 나에게 전혀 예상치 못했던 난

관을 선사하고야 말았다.

입양한 지 얼마 안 되었을 때의 달콩이는 밖에서 배변할 줄 몰랐다. 집에서만 배변을 하고 오히려 밖에 나가면 배변을 참았다. 한번은 달콩이랑 차를 타고 세 시간 정도 외출한 적이 있는데, 집에 돌아가기까지 계속 쉬야를 참는 모습을 보고 마음이 불편해서 혼났더랬다. 그러던 어느 날, 달콩이는 산책 중에 다른 강아지를 만났고 그 친구가 모래 위에 시원하게 소변보는 것을 목격했다. 안 그래도 친구를 만나 잔뜩 신이 나 있던 차에 결국 달콩이도 그 근처에서 소변을 보고야 말았다.

'보고야 말았다'라고 표현한 이유를 실외 배변 견주들은 모두 이해할 거라 믿는다. 밖에서 배변을 시작한 달콩이는 갑자기 집 아무 곳에서나 쉬야를 하기 시작했다. 매일 바닥을 닦고 카펫을 빨며 나는 당황스럽기도, 또 화가 나기도 했다. 우리 집에 온 첫날부터 똑 부러지게 패드 위에다 소변을 가리던 애가 대체 무슨 바람이 분 걸까. 영문은 모르고 똑같이 매일 산책을 나갔더니 달콩이는 밖에서만 배변을 하게 되었다. 산책을 나가지 않으면 하루 종일 배변을 참는 완전한 실외 배변견이 되어버린 것이다.

실외에서만 배변을 하는 건 개의 본능이라고 한다. 보호자와 함께 생활하는 공간을 더럽히기 싫어하는 거라고. 참으로 기특한 습성이 아닐 수 없으나 소변을 계속 참다 보면 방광염에 걸릴 위험이 있다. 게다가 하필 달콩이가 실외 배변을 시작한 시기는 장마철이었다. 빳빳하고 바스락거리는 우비가 어색한지 달콩이는 우비만 입으면 꽁꽁 얼어버려서 잘 걷지도 못했다. 실외 배변을 하면 건강에 좋다고 하지만 나는 소변을 참는 달콩이를 보고 있자면 위가 쪼그라드는 느낌이었다.

하는 수 없이 달콩이를 데리고 하루에 세 번씩 산책을 나가면서도 나는 포기하지 않았다. 어떻게 해야 달콩이가 실내에서도 배변을 하게 될지 잠을 설쳐가며 고민했다. 천연 잔디 배변판도 사보고, 집에서 배변을 해야만 산책을 나가기도 하고, 1층까지만 나갔다가 다시 집에 들어오는 등 여러 훈련을 병행해 보았다. 유명한 훈련사들도 실외 배변을 실내 배변으로 바꾸는 훈련에 대해서는 잘 가르쳐주지 않는다. 그저 산책을 한 번이라도 더 나가 달라는 당부뿐이다. 본능에 의한 행동이기에 그만큼 바꾸기가 쉽지 않은 것이다. 달콩이 역시 날이 갈수록 소변을 참는 시간이 늘어났다. 결국 중성화 수

술 후 상처도 아물기 전에 배변을 하러 밖에 나가야 하는 처지가 되었다. 별 진전 없이 두세 달이 흘렀고, 가장 걱정했던 일이 일어나고야 말았다. 내가 갑작스레 백수 신분에서 벗어나 출근을 하게 된 것이다.

내가 직장에 다니면 산책은 많아야 하루 두 번뿐. 달콩이는 혼자 있는 열 시간 내내 배변을 참아야 했다. 그 사실은 나를 독하게 만들었다. 그래서 한 달만, 딱 한 달만 산책을 나가지 않기로 했다. 매번 마음이 약해져서 하루를 못 넘긴 채 나가곤 했지만 이번이 마지막 기회라는 심정으로 꼭 참아볼 생각이었다. 그나마 달콩이는 실외 배변을 시작한 지 얼마 되지 않았고 원래 집에서 배변을 잘 가렸던 강아지였기에 희망은 있었다. 하지만 아무리 그렇다 해도, 앞으로 온종일 혼자 있을 텐데 산책마저 못 나가는 건 달콩이에게 고문일 듯했다. 그래서 달콩이를 주 3일 강아지 유치원에 보내기로 했다. 워낙 강아지 친구들을 좋아하는 아이니 유치원에 가서 친구들과 노는 것만으로도 스트레스가 많이 해소될 것이었다.

어떤 유치원을 보낼지 수소문하던 끝에 나의 출근길 중간쯤에 있는 곳을 발견하여 달콩이를 한번 데리고 가보았다. 첫날 달콩이는 지치지도 않고 친구들과 몇 시간을 내리 놀다가,

다른 친구의 소변이 묻은 패드의 냄새를 킁킁 맡더니 결국 소변을 보았다. 느낌이 좋았다.

한 달간 산책을 나가지 않아도 달콩이는 잘 적응해 주었다. 오히려 달콩이를 지켜보는 내가 더 괴로웠다. 강아지에게는 냄새 맡는 일이 그 무엇보다 중요하다는 걸 알기에 미안한 마음만 가득했다. 하지만 고맙게도 달콩이는 유치원에서 골목대장이라도 된 양 친구들과 온종일 격렬히 놀다가, 집에 오면 뻗어서 코 골기 바빴다. 게다가 많이 뛰어다니는 만큼 물도 많이 마시니 실내에서도 배변 활동을 꽤 원활히 하게 되었다. 산책을 끊었던 맨 처음에는 30시간 넘게 쉬야를 참았고, 그다음에는 24시간, 그다음에는 15시간으로 차근차근 시간이 줄어들었다.

한 달이 지나서야 조심스레 달콩이와 산책을 나가기 시작했다. 엄마 아빠의 마음을 알기라도 했는지 달콩이는 밖에서 배변하는 것이 오히려 조심스러워진 듯 보였다. 그대로 산책 횟수를 차차 늘려가자 밖에서도, 안에서도 나름 편하게 배변을 하게 되었다.

그렇게 겨우 실내 배변에 성공한 달콩이는 지금 어찌 되었을까. 다시 주기적으로 산책을 나가기 시작하니 역시 본성에 따라 실내에서 배변을 참기 시작했다. 어떻게 성공한 실내 배변인데. 아까웠다. 우리 부부는 달콩이가 실내에서 배변하는 법을 잊지 않도록 매일 달콩이와 눈치 싸움을 했다. 달콩이가 집에서 얼마나 오래 배변을 참았는지 시간을 재고, 산책을 지금 나가도 되는지 나가면 안 되는지 고민하고, 달콩이가 집에서 배변을 해주면 온갖 호들갑을 동원해서 칭찬해 주었다. 하지만 언제쯤 배변을 할지 지켜보고 계산하느라 매번 마음을 졸이던 우리는 이내 그 상황에 질려버렸다.

"하…. 이게 더 스트레스야. 그냥 나가자. 포기해. 포기해."

기왕 이렇게 된 거, 장점만 생각하기로 했다. 달콩이는 10킬로가 넘는 강아지라 쉬야의 양이 꽤 많다. 안 그래도 하루에 몇 개씩 배변 패드를 버리며 환경오염에 대한 죄책감이 컸더랬다. 하지만 실외에서만 배변을 하니 쓰레기가 확 줄었고 집에 냄새도 나지 않게 되었다. 무엇보다 달콩이 덕분에 우리도 햇빛 한 번 더 보고 코에 바람 한 번 더 집어넣고 천 보라도 더 걸으며 건강해진다.

산책견(?)으로 키우다 보니 확실히 달콩이에게는 집순이 강아지들과 다른 면들이 보인다. 사람으로 따지자면 체육을 좋아하는 아이와 비슷할 것 같다. 달콩이는 네 다리의 근육이 탄탄하고, 뛰노는 걸 제대로 즐길 줄 알고, 그렇게 논 다음 확실히 쉴 줄 안다. 말괄량이, 왈가닥이라는 단어가 제일 잘 어울리는데 그런 모습이야말로 자연스러운 동물의 모습이 아닌가 싶어서 보기 좋다. 또, 달콩이는 바깥세상 돌아가는 모양을 매일 봐서 그런지 막상 집에서는 장난감 이외에 딱히 관심 보이는 게 없다.

실내 배변을 포기한 뒤로 실외 배변만 한 지 벌써 3년이 지났지만 후회한 적은 없다(물론 귀찮았던 적은 매우 많다). 다만 조금 걱정되는 건 있다. 달콩이와 산책을 나가다 보면 같은 동에 사는 코카스파니엘 강아지를 종종 마주친다. 앞을 못 보고 소리도 못 들을 정도로 나이가 많은데, 그 아이도 실외에서만 배변을 해서 매일 밖에 나온다는 이야기를 들었다. 그 아이는 달콩이와 엘리베이터를 같이 타도 옆에 달콩이가 있는지 알아채지 못했다. 산책을 나가도 한 발짝 떼는 것조차 힘겨워 보였다. 언젠가 달콩이가 걸을 기운조차 없는 나이가 되었을 때, 배변도 아무 데서나 편히 못 해서 억지로 밖에 나와야 하는 상황이 된다면 내 마음이 많이 슬플 것 같다. 하지만 아주 먼 미래의 이야기라 생각하고 미리 걱정하지 않으련다. 대신 튼튼한 네 다리로 명랑하게 걷는 달콩이의 모습을 마음속에 부지런히 새겨야지.

약봉지를
잃어버렸다.
아니,
잊어버렸다

내가 처음으로 정신건강의학과의 문을 두드린 건 어느 가을. 계약직으로 다니던 직장에서 계약 만료를 앞둔 때였다. 몸과 마음을 쏟아낸 직장을 곧 떠나야 하는 나의 처지는 아랑곳하지 않고 일거리는 산더미처럼 쌓여갔다. 후덥던 공기는 선선해지고 잎새는 건조하게 말라 바닥으로 우수수 떨어지기 시작했지만, 그런 풍경의 변화를 제대로 느낄 새도 없이 일은 바빴다. 손톱 거스러미를 피날 때까지 뜯으며 정신없이 일을 처리하다 보면 한 번씩 숨이 잘 안 쉬어졌다. 하루한 번이 두 번이 되고 세 번이 되는 동안, 어쩌면 직장을 계속 다닐 수 있을지도 모른다는 희망 고문까지 겹쳤고 결국 일상생활이 어려울 정도로 불안 장애가 심해졌다. 나의 비루한 마인드 컨트롤 실력 따위로는 증세가 악화되는 걸 막을 수 없단 걸 깨달았다. 더 망가지기 전에 병원의 도움을 받기로 마음먹었다.

그 뒤로 2주에 한 번씩 병원에 가서 상담을 받고 우울증 약과 불안증 약을 받아왔다. 선생님은 원래 정신과 약물치료는 아무리 짧아도 1년이니 길게 보고 가야 한다고 말씀하셨다. 처방받은 약을 먹으면 슬프지도 불안하지도, 그렇다고 좋지도 신나지도 않은 무감정에 가까운 상태가 되곤 했다. 그 덕에 편하기도 했지만 종종 나 자신을 잃어버린 기분이 들었다. 그게 싫어서 임의로 약을 끊었다가 부작용에 시달리고, 정신 차려서 다시 병원에 나가고 약을 챙겨 먹는 날이 반복되었다. 그러는 동안 시간은 흘러 결국 나는 직장을 떠났다. 퇴사를 한 뒤 무기력해지긴 했지만, 불안한 감정을 일으키는 직접적인 요인이 사라지자 증상은 조금씩 호전됐다. 글도 쓰고, 새로운 것도 배우면서 정신적으로 차차 건강해졌다. 분명 나는 꿋꿋이 잘 지내고 있었다.

그런데 잔잔하게 잘 눌러오던 나의 감정이 어느 순간부터 다시 요동치기 시작했다. 바로 강아지 때문이었다. 그간 인스타그램이나 유튜브에 올라오는 강아지들을 보며 귀엽다고, 사랑스럽다고 말해왔었다. 그런데 그런 이야기를 하는 나의 말투와 표정이 점점 바뀌기 시작했다. 귀여운 걸 보며 행복해하던 이전과는 달리 얼굴이 점점 일그러졌다. 화면 속의 강아지를 직접 만질 수도, 예뻐할 수도 없다는 게 이유였다. 나에게도 반려견이 있었으면 했다. 복슬복슬한 털을 쓰다듬고 동그란 코에 뽀뽀를 해주고 배를 살살 긁어주고 싶었다. 그런 생각에 사로잡힐수록, 나는 점점 더 강아지에 집착하게 되었다. 유기 동물 입양 정보가 있는 '포인핸드'라는 앱에 시도 때도 없이 들어가서 가여운 강아지들을 보느라 하루 대부분의 시간을 썼다. 그러다 입양하고 싶은 강아지가 생기면 온종일 가슴앓이를 했다. 그 강아지가 우리 부부와 함께 사는 상상을 하며 즐거워하다가, 이내 내가 데려올 수 없음에 마음 아파했다. 그사이 입양되었다는 소식을 접할 때면 온 마음 다해 축하해 주지 못하는 나 자신을 미워했다. 감정의 소용돌이에 걸려들어서 깊이, 더 깊이 빠져들었다. 그 마음을 달래러 유기견 보호소 봉사에도 갔지만 오히려 마음은 더 커질 뿐이었다.

그동안의 치료가 말짱 도루묵이 될 정도로 정신 건강이 나빠졌다. 툭 하고 건드리기만 해도 눈물이 뚝 떨어질 정도였다. 이토록 간절히 원하는데 키우지 못하는 것도 괴로웠고, 이런 욕심을 낼 상황이 아닌데 왜 철딱서니 없는 애처럼 포기를 못 하는 건지 나 자신이 답답해서 또 괴로웠다. 유기견 공고를 하도 많이 보다 보니 입양되지 못해 안락사당하는 아이들을 생각하며 마음이 축축 처지기도 했다. 병원에 가면 선생님께 계속 기운 없는 말들을 늘어놓았고, 가까스로 줄여가던 약의 용량은 다시금 늘어났다. 시간이 지날수록 강아지를 입양하지 않으면 끝나지 않을 전쟁이라는 게 확실해졌다.

그렇게 이성과는 다르게 마음 앓이는 계속 심해져서 이러다 정말 병나겠다 싶을 때쯤, 결국 내 마음속에 담아두었던 달콩이를 입양했다. 민들레 홀씨 같은 털에 수제비같이 생긴 귀를 팔랑거리는 달콩이를 내 품에 안고 집에 데리고 왔다. 드디어 만질 수 있고, 뽀뽀할 수 있고, 안을 수 있는 강아지가 내 앞에 있었다. 달콩이가 보석 같은 눈을 깜빡거릴 때마다 나는 설레고 벅찼다. 어렵게 입양했기에 이 생명체가 더욱 소중하고 예뻤다.

강아지를 키우고 싶다고 매일 같이 울던 기억은 금세 잊혔다. 3개월짜리 아기 강아지를 키우는 일은 상상 그 이상으로 힘들어서, 그 외의 다른 것들은 생각할 겨를이 없었다. 그중에서도 최고의 걱정은 역시 앞서 이야기한 배변 문제였다. 달콩이가 실외 배변을 하게 된 후로 실내에서는 배변을 참기 시작하면서 나는 매일 골머리를 앓고 있었다. 그러던 어느 날 무슨 바람이 불었는지 달콩이가 집 베란다에서 쉬야와 끙아를 동시에 해주었는데, 그 모습을 목격한 나는 너무 기뻐서 마구 소리를 지른 뒤 내가 낼 수 있는 최대한 높은 톤의 목소리로 달콩이를 칭찬하며 간식을 준 다음, 그것도 모자라 홍군에게 달려가 그의 두 손을 맞잡고 제자리에서 방방 뛰기에 이르렀다. 로또에라도 당첨된 사람처럼 격하게 웃다 말고 그에게 말했다.

"아니, 오빠. 내 강아지가 집에서 똥 싸준 게 이렇게 행복할 일이야? 이러니까 내가 우울증에 걸릴 틈이 없어요! 달콩이가 밥만 잘 먹어줘도, 쉬야만 잘해줘도 이렇게 사람이 행복해지는데! 대체 우울할 틈이 어디 있겠어!"

홍군과 한참을 깔깔거리며 웃다 말고, '어…?' 갑자기 찜찜

한 무언가가 마음에 켕겼다. 뭐 때문일까. 지나간 나의 말을 되짚으며 곰곰이 생각했다.

"맞다…!"

나는 부엌에 있는 수납 트레이로 다가가 어수선한 바구니를 뒤졌다. 그러다 두 번째 칸 구석에서 익숙한 약 봉투를 찾아냈다. 나의 손에서 바스락 소리를 내는 종이봉투는 안에 약봉지가 한가득 들어서 뚱뚱했다. 병원에서 받은 무려 한 달 치의 약이었다. 마지막으로 병원에 갔을 때 나는 선생님께 이야기했었다. "강아지를 키우고 싶은 마음이 제 뜻대로 제어가 되지 않아 힘들어요"라고. 그 후로 나는 이 약봉지의 존재조차 잊어버린 채 몇 달을 지냈다. 달콩이가 세차게 흔드는 꼬리에, 나도 모르게 최면이 걸려버린 탓에.

우리 세 식구가 함께 있을 때 나는 이유도 없이 웃는다. 특히 남편과, 남편의 눈망울을 닮은 달콩이가 함께 나를 쳐다볼 때면 이루 말할 수 없는 벅찬 행복을 느낀다. 달콩이를 행복하게 해주는 일은 앞으로도 꾸준히 해나가야 할 우리의 숙제일 것이다. 하지만 달콩이에게는 이렇게 말해 주고 싶다.

"너는 그 어려운 숙제를 이미 해냈어. 우리를 행복하게 해 주고 있으니까."

유기견 입양하는데 전화 면접까지?

고백하자면, 내가 입양 신청서를 쓴 게 달콩이가 처음은 아니었다. 맨 처음 썼던 입양 신청서가 수리되었다면 우리의 가족은 달콩이가 아니었을지도 모른다.

강아지를 키우고 싶은 마음이 커졌을 때부터 나는 유기 동물 입양 앱을 샅샅이 뒤지고, 인스타그램에서 #유기견입양 #사지말고입양하세요 같은 해시태그를 검색하며 우리 가족이 될 아이를 탐색했다(여러 구조 단체들이 인스타그램에 유기견 입양 홍보글을 올린다). 어떤 반려견을 입양하고 싶다고 구체적으로 정해둔 건 없었다. 무엇보다 강아지를 입양하기로 확실히 결정하기까지 몇 달의 시간이 걸렸기에, 오래도록 뜬구름 잡는 심정으로 공고 속 아이들을 지켜보았다. 마침내 남편의 마음까지 강아지를 입양하는 쪽으로 기울자 우리는 강아지의 크기에 따라 어떻게 이름을 지을지 미리 정해 보기도 했다. 작은 강아지면 심콩이, 중형견 정도 되면 달콩이, 그보다 크다면 심쿵이로 지을 생각이었다. 그만큼 열린 마음으로 가족을 찾긴 했지만 나도 모르게 눈이 한 번씩 더 가는 강아지가 몇 있었다. 바로 점박이 얼룩이 있는 믹스견들이었다.

초등학생 때부터 대학생 때까지, 나는 학창 시절 내내 시츄와 함께했다. 바닐라에 캐러멜을 섞은 구구콘 아이스크림처럼 흰 털과 갈색 털이 어우러진 꾸부의 모습을 나는 참 좋아했더랬다. 그 아이를 워낙 예뻐했기에 다음 반려견도 그런 모습이기를 조금 바랐던 것 같다. 그러다 얼굴과 몸통에 검은색 점박이가 있는 강아지의 입양 공고를 발견하게 되었고, 함께 구조된 다른 형제들은 모두 입양을 갔지만 그 친구만 아직 입양을 못 간 상태라는 사실도 알게 되었다. 나는 고민 끝에 기나긴 입양 신청서를 쓰기 시작했다. 어떻게 하면 나의 간절한 마음이 잘 전달될지 고민하며, 새벽이 될 때까지 썼다

지우기를 반복하면서.

입양 신청서를 보낸 뒤 구조 단체로부터 연락이 오길 손꼽아 기다렸다. 이력서를 제출하고 서류 전형을 통과하길 기다리는 취업 준비생이 된 기분이었다. 실제로 서류를 통과해야만 전화 면담을 할 수 있으니 비슷한 절차였다. 평소 무음으로 해놓던 휴대폰을 진동으로 켜 두고 떨리는 마음으로 전화를 기다렸다. 일주일 정도 지났을까, 구조 단체의 봉사자님께서 대략적인 전화 면담 일정을 잡아주셨다. 신청서를 작성하면서부터 '이 단체 보통이 아니구나'라는 걸 직감했기에, 면담 날까지 나는 더욱 긴장했다. 신청서에는 반려견을 입양하고 싶은 이유와 반려견이나 유기견에 대한 인식, 그리고 반려견을 입양할 환경(집, 경제적 능력, 식구의 수 등)까지 구체적으로 묻고 있었다. 유기견 입양에 대해 어느 정도 알고 있다고 생각했던 나도 막상 신청서의 질문이 너무 어려워서 여러 번 머리를 쥐어짜야 했다.

그리고 예상했던 것처럼 전화 면담은 쉽지 않았다. 압박 면접을 하듯, 구석구석 단 하나의 요소도 놓치지 않는 봉사자님의 질문에 어찌나 당황했는지 모른다.

"지금 홍시(가명)는 아기 강아지라서 작지만, 부견을 모르기 때문에 앞으로 얼마나 클지 몰라요."

"네, 알고 있습니다. 저와 남편은 큰 강아지도 입양을 고려하고 있기 때문에 그건 문제가 되지 않을 것 같습니다."

"아파트 사시잖아요. 아파트에서 대형견 키우는 거, 얼마나 힘든 일인지 아세요?"

봉사자님은 본인이 진도 믹스견을 키우는데, 그냥 가만히 산책을 다니다가도 사람들에게 욕을 얻어먹는다고 했다. 그렇게 큰 개를 왜 여기서 키우냐고. 사람 무는 거 아니냐고. 그래서 그에 맞서 싸워야 할 일도 많다고 했다. 봉사자님은 그런 상황까지도 견뎌낼 수 있냐고 나에게 물으셨다. 당시 홍시는 2킬로그램 정도의 작은 강아지였기에 솔직히 그 정도까지는 생각하지 못했다. 지나가던 사람과 싸움이라니…. 무서운 예시에 나의 대답은 점점 소심해졌다.

이어서 봉사자님은 반려견의 크기뿐만 아니라 모든 방면에서의 최악의 상황을 이야기하셨다. 반려견이 짖는 문제 때문에 주변에서 민원이 들어온다면 반려견을 위해 이사를 갈 의향이 있는지 물으셨고, 신혼부부 중에 아이가 생기면 강아지를 파양하는 경우가 워낙 많아서 신혼부부는 우선순위에서 제외된다고도 이야기하셨다. 처음에는 "괜찮아요", "그런 부분은 다 고려해 두고 신청서를 작성했습니다"라고 대답했지만, 시간이 지날수록 '나를 포기하게 하려고 일부러 이러시는 건가?'라는 생각마저 들었다. 한껏 풀이 죽은 채로 면담은 끝나갔다. 압박 면접을 받아본 사람은 알 것이다. 처음에는 난감한 질문들을 호기롭게 받아치다가 점점 피로해지고, 자신감을 잃게 되고, 그러다 끝날 때쯤에는 침묵이 흐른다. 그쯤 뇌리에 스치는 예감. 아, 나 탈락이구나.

나는 봉사자님께서 "저희 쪽에서 협의해 보고 결과 나오면 연락드릴게요"라고 이야기하시거나 탈락 의사를 표하실 줄 알았다. 그런데 통화 내내 공격적으로 질문을 하시던 봉사자님께서 마지막으로 던지신 말씀은 뜻밖이었다.

"이런 모든 상황을 고려하고서라도 홍시를 입양하고 싶으시면, 그 정도로 간절하시면 다시 연락 주세요."

봉사자님의 말을 듣고 어안이 벙벙해졌다. 탈락시키려고 날 공격하신 게 아니었네. 한 번 더 생각할 기회를 주신 거네. 그런데 나, 아까 답변을 여러 번 망설였잖아. 홍시가 정말 대형견으로 큰다면 나는 과연 감당할 수 있을까? 길거리에서 누군가 시비를 걸었을 때 맞서 싸울 자신이 있나? 나 자신에게 묻고 또 물어보았다. 마음의 준비를 오래 했다고 생각했는데, 여전히 부족하다는 사실을 깨달았다. 가족을 입양하는 데 이 정도 각오는 필요한 거구나. 나는 내가 성급했음을 인정하고 봉사자님께 문자를 보냈다.

"봉사자님과의 대화를 통해 아직 마음의 준비가 덜 됐다는 걸 깨달았어요. 홍시가 좋은 곳에 입양 가기를 간절히 바라겠습니다."

그렇게 나는 홍시를 놓아주었다. 그 뒤에도 홍시가 눈에 아른거려 미칠 것 같았지만, 왠지 그 구조 단체에 내 두려운 마음을 들킨 것 같아서 떳떳하지 못했다.

봉사자님과 면담할 당시 기분이 조금 상했던 건 사실이다. 나는 입양 신청을 하기 전 유기견 보호소에 봉사도 다녔고, 입양에 필요한 돈도 통장에 모아두었다. '이렇게 적극적으로 입양 의사를 표했는데, 그렇게까지 하셔야 할 일인가…?' 생각했다. 이것은 비단 나뿐만 아니라 유기견을 입양하려는 다른 사람들도 종종 느끼는 듯했다. 포털 사이트 카페에서도 '좋은 일 하겠다는데 이렇게까지 해야 하나요? 이런 절차 때문에 입양을 포기하는 사람들이 많아지면, 불쌍한 유기견만 더 늘어나는 거 아닌가요?'와 같은 내용의 글을 접한 적 있다. 나도 처음에는 잘 이해하지 못했지만, 지금은 한 반려견의 가족으로서 그 봉사자님을 깊이 이해하게 되었다. 구조 단체 입장에서는 '앞으로 20년 가까이 함께해야 할 가족이 이 정도 노력조차 감수하지 못한다면 반려견을 다시 파양할 가능성이 높다'고 판단할 수밖에 없는 것이다. 그만큼 입양되었다가 다시 파양되는 유기견이 많다고 한다. 한 번으로도 힘들 상처를 두 번, 세 번 입는 동물들은 대체 무슨 죄가 있어서.

시간이 조금 지난 뒤 나는 달콩이의 입양 공고를 발견했고, 더 단단해진 마음으로 입양 신청서를 작성했다. 그때는 뭐랄까, 홍시 입양 신청 때보다 확실히 자신감이 붙은 상태였다. 게다가 구조와 입양을 주관하시는 분이 입양 홍보를 위해 인스타그램을 부지런히 하셨고, 그러다 내 계정에 있던 유기견 보호소 봉사 사진을 보신 모양이었다. 우리 부부를 좋게 봐주신 데다가 신청서에 적은 나의 간절함도 알아주신 덕에 달콩이 입양을 승인해 주셨다.

덕분에 달콩이 입양은 홍시 때보다 더 떳떳하게 진행되었다. 달콩이가 얼마나 클지 모르는데 괜찮냐는 질문에도 나는 그렇다고, 각오하고 있다고 대답했다. 입양할 때 달콩이는 3킬로그램이었지만 무럭무럭 자라서 이제는 13킬로그램의 강아지가 되었다. 소형견이 흔한 우리나라에서는 이 정도 크기도 제법 큰 편이라, 달콩이를 데리고 다니면서 조심할 일이 한두 가지가 아니다. 지나가는 사람들이 대놓고 크다고 이야기하거나 달콩이를 보고 기겁하는 것도 예삿일이다. 보호자 눈에는 그저 작고 귀여운 아기 똥강아지인 것을. 그럴 때면 진도 믹스를 키우며 길 가는 사람들과 자주 싸운다던 그 봉사자님을, 그런 속상함마저 받아들일 준비가 되어 있는지 여러 차례 묻던 봉사자님의 말을 떠올린다.

펫숍에 가서 강아지를 사기 위해서는 마음의 결정과 돈만 있으면 가능하지만, 유기견을 입양하는 절차는 이처럼 훨씬 복잡하다. 하지만 이런 과정을 거치며 한 번 더 가슴에 손을 얹고 생각해 보자. 나는 이 반려동물을 입양하여 평생 책임질 수 있는가. 어떤 어려운 상황이 닥쳐도 최선을 다할 수 있는가. 짧아도 10년 이상, 길면 20년까지도 함께할 '가족'을 찾는데 그 정도의 다짐과 노력은 감수해야 하는 법이다.

| 반려견과 아이 |

요즘은 남편에게 "마아아안약에 아이가 생기면 말이야"라는 말을 심심치 않게 꺼낸다. 마아아안약에 아이가 생긴다면, 어떻게 해야 우리 네 식구가 잘 지낼 수 있을까? 아니, 거꾸로 생각해 보자. 어떤 환경을 만들어 놓아야 우리가 아이를 낳아서 잘 키울 수 있을까?

사실 우리 둘은 결혼하기 전부터 아이를 낳는 것에 대해 회의적이었고, 그 생각은 쭉 이어져서 결혼한 지 5년이 지난 지금도 아이가 없다. 그러니까 마아아안약에라도 아이가 있는 상황을 가정하는 지금. 이전과 비교하면 제법 큰 폭으로 심경이 변화한 셈이다.

때가 지났는데도 아이를 낳지 않는 우리를 보며 사람들은 말하곤 했다.

"늙어서 후회해."

"둘만 사는 거 평생 좋을 것 같지? 그거 다 한때야."

"생명을 낳아서 키우는 게 얼마나 의미 있는 일인데."

그들이 전하려는 뜻을 모르는 바 아니다. 하지만 우리가 아이를 낳지 않고 있는 이유는 그들이 생각하는 이유와 다르다. 아이가 없는 둘만의 삶을 누리고 싶어서, 나의 커리어를 포기하기 싫어서 아이를 안 낳는 게 아니다. "이 세상에 태어날 아이가 과연 행복하게 살 수 있을까?"라는 질문에 "그렇다"고 대답할 수 없기 때문에, 그렇기에 아이 낳을 엄두를 못 내고 있는 것이다. 솔직히 말해 나에게는 딱히 아까워할 만한 커리어도 없다. 내가 생각해도, 아이를 안 낳으면 늙어서 후회할 것 같다. 당신들 말이 다 맞다. 하지만 그렇게 이야기하는 그 누구도 내 아이의 행복을 대신 책임져 줄 수 없다.

'I was born.'

영어로 '태어나다'라는 말을 할 때는 수동태를 쓰지 않는

가. 너무 당연해서 born의 능동태 표현은 들어본 적 없을 정도다. 태어나는 건 자신의 의지로 하는 게 아니다. 그러니까, 태어나는 아이에게는 선택권이 없다. 살면서 나는 줄곧 그런 생각을 했다. 만약 선택권이 있었더라면 나는 태어났을까. 그런 물음에 "아니. 나는 태어나고 싶지 않았을 것 같아…"라고 답한 적이 훨씬 많다. 내 인생에 빛나는 순간들이 넘치고, 사랑을 많이 주고받고 살았음에도 그렇다. 그래서 더 문제다.

아무리 내가 최선을 다하고 사랑을 준들, 과연 아이가 행복할 수 있을까. 이 험난한 세상에서 아이가 무너지지 않고 잘 살아갈 수 있을까. 과연 나는 아이가 무너지지 않도록 든든한 지지대가 되어줄 수 있을까. 이런 세상에 나를 왜 낳았냐며, 아이가 우리를 원망하는 순간이 오면 어떡하지… 하는 생각들이 끊이질 않는다. 이런 나의 걱정을 이야기했을 때 어르신들은 둘째치고 내 또래들조차 나를 잘 이해하지 못했다. "넌 걱정이 너무 많아. 왜 일어나지도 않은 일을 걱정해?"라고 물어오면, "직접 겪어봤으니까 그렇지" 정도로 답하는 게 내가 할 수 있는 전부였다. 남편만큼은 나와 생각이 잘 맞았기에 나는 나의 가치관을 억지로 꺾지 않은 채 지낼 수 있었다. 그래도 우린 혹시 서로의 생각에 변화가 있는지 자주 대화를 나누었고, 우리 둘 모두 최근까지도 여전히 같은 의견을 가지고 있다는 걸 확인했었다.

그렇게 철벽같던 우리에게 털북숭이 달콩이가 왔다.

강아지 입양을 결정하기까지도 우리 부부는 비슷한 문제로 골머리를 앓았었다. 과연 우리가 한 생명을 행복하게 해줄 수 있을까. 아무리 생각해도 "YES"라는 답을 내리기 어려운 그 질문에, 결국 우리는 확신이 없는 상태로 달콩이를 입양했다. 대신 최선을 다해보자고 단단히 마음먹고서.

그렇게 달콩이와 함께한 지 3년이 지났다. 사람들의 말처럼 생명을 키우며 나누는 교감은 고귀했다. 그 무엇과도 비교할 수 없는 기쁨이고 뿌듯함이며 행복이었다. "어떻게 너를 사랑하지 않을 수가 있겠어." 어느 노래의 가사처럼 나는 달콩이를 볼 때마다 말한다. 나는 너를 사랑해. 식상하지만 다른 표현으로는 대체할 수 없을 정도로 너를 너무나도 많이 사랑해. 시간이 갈수록 달콩이를 사랑하는 마음이 더욱더 커져가는 걸 느낀다. 누군가가 달콩이를 보며 "사랑받고 사는 티가 난다"고 말했을 때, 그 말이 내 가슴속에 오래 남았다. 나는 생각했다. 맞아. 달콩이는 사랑받고 있어.

달콩이가 지금 얼마나 행복한지는 잘 모르지만, 나와 남편의 넘치는 사랑을 느낄 거라고 확신한다. 그로 인해 달콩이는 안정감을 느낄 것이다. 사랑을 주는 것만으로도, 또 우리의 노력만으로도 이루어지는 게 있구나. 물론 맘처럼 안 되는 게 더 많지만. 그래도 되긴 되는구나. 그렇게 생각하며 우리는 뜻밖의 자신감을 얻게 되었다. 그 자신감이 '우린 한 생명을 행복하게 키워줄 수 있어!' 정도에 미치지는 못하지만, 여전히 달콩이를 키우는 일이 버거울 때가 많지만, 그래도 '우리도 노력하면 할 수는 있겠다' 정도로 생각이 바뀌었다.

달콩이를 처음 입양했을 때, 엄마는 절망에 빠진 목소리로 말씀하셨다. 애는 안 낳고 웬 강아지를 데려왔냐고. 이게 말이 되는 일이냐고. 사실 그때는 아이 계획이 0퍼센트에 가까웠기에 달콩이를 입양한 거였고, 엄마의 말씀에도 틀린 건 없었다. 하지만 여전히 내가 아이를 가질 날을 손꼽아 기다리는 엄마에게 얼마 전 나는 이야기했다.

"그때 엄마가 왜 아이는 안 낳고 강아지를 데리고 왔냐고 속상해하셨잖아요. 엄마, 근데 달콩이를 키우면서 오히려 아이 생각이 조금이나마 생겼다니까요?"

정말 그렇다. 결혼하면 아이를 낳는 게 당연한 거니까, 다들 낳고 사니까, 같은 생각으로 얼렁뚱땅 아이를 낳고 싶지 않다. 이건 우리 부부의 꺾을 수 없는 고집이다. 아무리 옆에서 누군가가 아이의 중요성과 그 행복에 대해 열렬히 이야기해 준다 한들 나와 남편의 마음을 움직이긴 어려울 것이다. 그러나 달콩이를 직접 키우며 우리의 마음은 조금씩 녹아내렸다. 좀 더 나은 환경이 없을까. 달콩이와 아이가 모두 행복하게 살 수 있는 환경을 만들려면 우리가 어떤 노력을 해야 할까. 그런 고민을 처음으로 해보게 되었다.

그래서 나는 오늘도 집 구석구석에 온통 깔려있는 미끄럼 방지 매트를 보며 다음 집은 주택이었으면 좋겠다거나, 주택으로 이사 가는 게 현실적으로 어려우니 아파트 1층에 사는 것도 고려해 볼 만하겠다는 이야기를 홍군에게 했다. 1층에 사는 건 무조건 싫다고 말해왔던 나지만, 아이와 강아지와 함께 살려면 1층도 나쁘지 않겠다고 생전 처음 생각했다. 층간 소음이나 달콩이 실외 배변 등을 모두 고려한다면 1층에 사는 게 장점이 될 수도 있을 테니까.

만약 아이를 낳는다면 달콩이는 과연 어떻게 반응할까. 아이와 달콩이는 과연 친하게 지낼 수 있을까. 둘이 있는 장면은 얼마나 귀여울까…. 그런 상상도 한다. 다행인 건지 모르겠지만 달콩이는 섭섭할 만큼 질투가 없다. 달콩이 앞에서 다른 강아지와 뽀뽀를 해도 쳐다보지 않을 정도로. 그러니 아이를 질투하거나 자신을 봐 달라고 조르지는 않을 것 같은데. 대신 육아하느라 산책을 못 가면 자기 쉬야 마려우니 나가자고 보채기는 할 것 같다. 역시 그런 걸 생각하면 정원 딸린 주택이 필요한데. 주택은 비싸고. 그럼 어쩌지? 다른 방법은 또 뭐가 있을까? 그런 고민들을 계속해보는 것이다.

그런 걸 다 따져보고 낳으려 하면 이미 늦는다고 사람들은 말한다. 요즘은 난임도 워낙 흔하니 일단 생긴 뒤에 고민하면 된다고. 하지만 여전히 우리의 마음은 아주 느린 속도로만 움직이고 있다. 그리고 그 중심에는 달콩이가 있다.

삶에 냉소적이던 나와, 매사에 걱정이 많은 남편의 손을 매일 핥아주는 달콩이의 눈망울은 말한다. 날 보라고. 서툰 모양의 사랑도 이렇게 통한다고.

| 존중이라는 말 |

"너의 뜻을 존중해"라는 말은 어렵다. 왠지 '내 생각은 달라'라는 뜻이 함축되어 있는 것 같기도 하고, 바로 뒤에 "하지만"이 붙어야 문장의 흐름이 자연스러워지는 것 같기도 하다. 그만큼 해석의 여지가 많은 말이 아닐까 싶다.

달콩이 입양 소식을 시부모님께 처음 말씀드렸던 날, 어머님과 아버님께서 비슷한 뉘앙스로 말씀하셨었다. 우리 입에서 나온 깜짝 소식에 순간 적막이 흘렀고, 두 분의 얼굴은 미세하게 굳어졌다. 하지만 곧이어 침착하게 우리에게 말씀하셨다. 솔직히 반대하고 싶지만, 너희들이 이미 결정한 일이라면 우리는 그 뜻을 존중하겠다고.

어머님과 아버님은 다른 일들에도 줄곧 그렇게 말씀하시곤 했다. "우린 너희의 뜻을 존중해." 신혼일 때 나는 그 말이 어려웠다. 우리가 무슨 결정을 하든 격하게 반대하거나 밀어붙이지 않는 시부모님이, 우리의 뜻을 존중한다는 당신들의 말씀이 정말일까. 정말 진심일까 자주 생각했었다.

시부모님도 강아지를 키워 보신 경험이 있다. 다만 시골에 사시는 만큼, 강아지를 집 밖에 묶어두고 키우셨다. 아버님은 강아지가 집 안에 들어와 함께 사는 문화를 잘 이해하지 못하셨다. 우리가 달콩이를 키우는 건 존중해 주셨지만, 아버님께서 강아지와 같은 공간을 쓰는 건 또 다른 이야기였다. 그래서 시댁에 갈 때마다 달콩이를 집에 혼자 두고 가거나 유치원 같은 곳에 잠시 맡겨야 했다. 두세 시간 거리를 달려서 시댁에 도착한 뒤에도 나의 마음은 늘 달콩밭(?)에 가 있었다. 시간 맞춰서 돌아가야 하는데 언제 출발하나, 걱정하면서 CCTV를 보거나 유치원 영상을 보거나 시계를 보았다.

매번 그렇게 급히 돌아오는 게 아쉽고 죄송해서 하루는 친정집에 달콩이를 맡기고 1박으로 시댁에 갔다. 친정집에서 잘 지내주길 바랐던 달콩이는 하울링을 하고 불안 증상을 보였다. 그다음부터는 친정 근처에만 가도 자기를 두고 가버릴까 봐 불안해했다. 이건 아니다 싶었다. 남편에게 말했다.

"우리 어머님 아버님 댁에 달콩이 데려가 보면 안 될까? 원래 처음이 제일 어려운 거잖아. 두 분이 강아지 자체를 안 좋아하시는 것도 아니고."

"그래. 한번 말씀드려 보는 게 좋겠다."

우린 어머님께 전화를 걸어 조심스레 말을 꺼냈고 어머님도 마침 고민하고 계셨던 부분이었는지 금방 승낙하셨다.

"그러자. 너희들도 강아지 두고 올 때마다 마음 불편하잖아. 아빠가 마음에 걸리긴 하지만, 적응하셔야지 어쩌겠어? 일단 한번 데려와 봐."

처음 달콩이를 시댁에 데려갔던 날, 시부모님은 무척 어색해하시면서도 달콩이를 예뻐해 주셨다. 달콩이가 낯을 가려서 곁을 내주지 않는데도 거리를 두고 차분히 기다리셨다. 심지어 아버님은 삑삑이 장난감을 계속 던져주시며 달콩이가 지칠 때까지 놀아주셨다. 달콩이는 널널한 시골 땅 위에서 도시에서는 누리지 못했던 자유를 만끽했다. 똥냄새 나는 시골길도 걷고, 어머님, 아버님께서 꽃 농사지으시는 온실 안을 마음껏 뛰놀았다. 밤에는 온 가족이 밖으로 나가 캄캄한 길을 산책했다. 잘 놀고 고단해졌는지 낯선 집에서도 달콩이는 도로롱 도로롱 잘 잤다.

그 뒤로는 매달 달콩이를 데리고 시댁에 가서 하루를 자고 왔다. 그동안 거의 당일치기만 하다가 이틀씩 머무니 시부모님과 더없이 가까워진 기분이 들었다. 달콩이도 시댁에 가는 걸 좋아하고, 어머님과 아버님도 달콩이가 오는 걸 좋아해 주셨다. 가끔 달콩이를 데리고 다 같이 수목원이나 공원 같은 곳에 놀러 가기도 했다. 달콩이와 시댁에 갈 때마다 여행을 가는 것처럼 즐거웠다.

어머님과 아버님이 달콩이를 좋아해 주심에도 불구하고, 사실 나 혼자 눈치를 볼 때도 많았다. 달콩이를 입양한 것도, 시댁에 데리고 간 것도 결국 나의 고집대로 한 일이었으니까. 게다가 달콩이를 데리고 시댁에 간 날에는 외식도 못 하고 꼼짝없이 모든 끼니를 집에서 해결해야 했다. 원래도 외식을 거의 안 하긴 했었지만 그래도 죄송한 마음이 들었다. 어머님과 아버님 앞에서 달콩이를 지나치게 예뻐하는 것도 괜히 민망했다. 집에서처럼 둥가둥가 아구아구 내 똥강아지 그래쪄 그래쪄 하고 싶은 걸 꾹 참았다. 강아지를 너무 아이처럼 대한다고 생각하실까 봐. 너무 마음을 많이 주는 거 아니냐고 하실까 봐. 실제로 동네 할머니께서는 아이를 안고 다녀야지 그 큰 개를 안고 다니고 있으면 어쩌냐고 핀잔을 주시기도 했다. 할머니뿐만 아니라 비슷한 내용으로 한마디씩 하시는 분들이 꼭 있었다. 그런 이야기를 들을 때마다 어머님도 뭐라 대답해야 할지 난감해하시는 것처럼 보였다. 나는 무안함과 죄송한 마음을 가득 안고 눈동자만 바닥을 향해 굴리곤 했다. 시부모님의 자랑이 되어야 하는데 괜히 시부모님을 부끄럽게 만드는 며느리가 된 것만 같았다.

하지만 시간이 지나면 지날수록 느낄 수 있었다. 어머님과 아버님께서 달콩이를 진짜 가족으로 여겨주신다는 걸. 지나가던 사람이 "아이는 안 낳고 웬 강아지냐?" 같은 핀잔을 던지실 때, 언제부턴가 어머님은 그저 웃어넘기신다. 속이 상하실 법도 한데 민망해하는 우리를 대신해서 설명까지 해주신다. 달콩이는 유기견이라고. 얘네가 입양하지 않았으면 안락사당했을지도 모른다고. 시골 분들이나 어르신들이 쉽게 이해하실 수 있을 만한 표현을 쓰며 천연덕스럽게, 하하 웃으며 이야기하신다. 그렇게 해주실 때마다 나는 단순한 감사함을 뛰어넘는, 어떤 커다란 감정을 느낀다. 그저 달콩이가 귀엽고 사랑스러워서 당신들의 마음에 자리를 내어주신 게 아니란 걸 안다. 집 안을 뛰어다니는 강아지가 여전히 낯설지만, 달콩이 자리가 아이로 채워졌으면 하는 마음도 분명 있으실 테지만, 아들 내외가 이미 결정한 일이라는 걸 인정하고 받아들이신 것이다. 우리의 소중한 식구를 당신들의 식구로 또한 받아들이신 것이다.

한번은 시댁 가기 며칠 전, 어머님께서 오랜만에 외식하러 가자며 링크를 하나 보내오셨다. '외식이면 달콩이 두고 가야겠네?'라고 생각하고 있었는데, 링크를 클릭해서 들어가 보니 애견 동반이 가능한 고깃집이었다. 진짜 달콩이를 생각해서 찾아주신 걸까? 혹시 우연은 아니었을까? 설마 설마 했는데, 어머님과 통화를 해보니 정말이었다. 그 고깃집이 꽤 괜찮은 곳인데, 마침 강아지도 야외에 두고 고기를 먹을 수 있다고 해서 가자고 해보셨다고. 나는 휴대폰을 들고 한참 말을 잇지 못했다. 뭉클해서. 감사해서. 어떻게 그렇게 달콩이를 받아들여 주실 수 있을까. 더 나아가 먼저 챙겨주실 수 있을까.

어머님과 아버님께 달콩이는 불편한 존재일 수 있다. 아들과 며느리만 있으면 더 자유로울 수 있는데, 달콩이와 함께 하면 챙겨야 할 것도, 주변 눈치 볼 일도, 활동에 제약받는 것도 많다. 게다가 어머님과 아버님 세대의 입장과 문화, 살아온 환경에서 강아지는 한 지붕 아래에 사는 가족의 일원으로 존재하지 않았다. 그런데도 나는 두 분이 "달콩이 때문에 이것도 못 하겠네" 하고 불평하시는 걸 한 번도 들은 적이 없다. 오히려 "달콩이가 여기 못 가니까 이쪽으로 갈까?" 다른 방향을 찾아보고 먼저 제시해 주신다. 그렇게 돌아가는 과정이 쉽지 않더래도, 달콩이의 존재를 탓하거나 절대 눈치 주시지 않는다. 그저 달콩이의 존재 자체를 인정해 주신다.

어른이 다른 환경, 다른 문화를 존중하고 받아들이는 게 얼마나 어려운 일일지 생각해 본다. 물론 '존중한다'는 말이 '무조건 이해한다'는 말이 되지는 않을 것이다. 타인의 생각을 존중하더라도 결국 타인을 이해하지 못할 가능성도 크다. 다만, 다름을 한 발짝 뒤에서 있는 그대로 바라보려 노력하는 것, 그렇게 할 줄 아는 어른이 된다는 것은 얼마나 근사한 일인가. 나는 과연 타인을, 다른 세대를 그런 눈으로 바라볼 수 있을까?

강아지를 맨손으로 만지지 못하셨다던 어머님은 이제 달콩이의 턱을 긁어주시고, 달콩이가 어머님의 손을 핥아도 간지럽다며 까르르 웃으신다. 강아지가 집 안에 있는 걸 이해하지 못하셨던 아버님은 이제 달콩이가 집 안에서 뭘 하고 있는지 계속 살피신다. 달콩이가 심심해 보이면 장난감을 던져주시고, 식사하실 때마다 구석에 웅크리고 잠자는 달콩이를 칭찬하신다. "달콩이는 사람이 밥 먹을 때 안 달려들어서 좋아. 어쩜 그렇게 얌전하니?" 달콩이가 집 지킨다고 짖어도, 가끔 미운 모습을 보여도, 달콩이가 왔다 가면 털 바다가 되는 바닥을 보셔도, 심지어 달콩이가 이불 위로 올라가도 두 분은 눈 꼭 감아주신다.

"너희의 뜻을 존중해."

어머님과 아버님께서 우리에게 주시는 '존중'에는 우리를 이해하려는 '노력'이 담겨있다. 달콩이가 정말로 가족의 구성원 중 하나로 받아들여지고 있다고 느낄 때마다 나는 그 마음을 읽는다. 당신들이 쓰시는 '존중'이라는 표현에 담긴 진심도 이제는 의심하지 않는다. 내 생각이나 가치관과 다를지라도, 열린 마음으로 상대를 이해해 보려는 어른. 시부모님을 보며 나도 그런 어른이 되고 싶다고 생각한다.

나의 도도한 강아지와 교감하기

우는 보호자를 위로하는 강아지 영상을 보았다. 반려견이 얼마나 보호자를 사랑하는지, 또 반려견과 보호자가 얼마나 진하게 교감하는지 느낄 수 있는 영상이었다. 아니나 다를까. 영상 아래엔 감동받았다는 댓글이 줄줄이 달려있었다.

고개를 돌려 달콩이의 얼굴을 보았다. 나도 모르게 흥, 소리가 나왔다. 평소 달콩이는 내가 울든 말든 멀찍이서 자기 자리 지키기 바쁘다. 흐느끼는 소리를 내면 '엄마 또 왜 죠래?' 하는 눈빛으로 힐끔 쳐다보다가, 이내 눈 감고 코코 소리를 내며 잠잔다. 섭섭해서 나는 더 서럽게 눈물을 닦는다. 하지만 달콩이가 와주길 바라는 것도 잠시. 얼마 지나지 않아 결국 내가 먼저 달콩이에게 다가간다.

달콩이는 너무 크지도, 작지도 않은 강아지다. 들어올리기엔 조금 무겁지만 품에 안기에는 딱 좋다. 보통은 달콩이가 앉아있거나 누워있는 그 자세 그대로 둔 채, 내 팔을 뻗어서 둥그렇게 안아준다. 나의 얼굴과 손에 털 뭉치가 닿는 것만으로도 포근한 위로가 된다. 나의 사랑스러운 똥강아지. 좀처럼 먼저 다가오는 일이 없는 녀석. 얄밉다가도 막상 나의 품에 코를 박은 채 가만히 기다려 주는 달콩이를 보면 웃음이 난다. 궁둥이를 토닥토닥 두드려 주다 보면, 어느새 달콩이는 고개를 빼꼼 내밀고 내 볼을 핥는다. 아무것도 모른다는 눈을 하고선.

가끔 생리통이 심한 날, 침대에서 끙끙거리며 식은땀을 흘려도 달콩이는 태평하다. "달콩아아아. 엄마 아파… 엄마 많이 아프단 말이야아아… 이리 좀 와줘…." 애정을 구걸하다시피 해보지만, 달콩이의 도도함을 이길 순 없다. 아플 땐 먼저 다가갈 힘도 없으니 달콩이를 그저 원망의 눈빛으로 바라본다. 미워. 엄마한테도 안 오고. 입이 삐죽 나온 채 쓰러져 있다 보면 달콩이는 얼마 뒤에야 은근슬쩍 침대에 올라와서 내 발밑에 자리 잡는다. 발가락을 꼼지락거리며 침대를 더듬어 보면 달콩이가 발에 닿는다. 푹신한 달콩이의 털과 따뜻한 체온. 마음에 평화가 찾아온다.

달콩이는 이처럼 보호자와 적극적으로 교감하는 강아지는 아니다. 보호자가 먼저 다가가야 하는 건 기본이고, 보호자의 심리 상태를 세심하게 살피거나 그에 잘 반응하지 않는다. 사람과 거리를 두는 달콩이를 보고 누군가가 "얘는 강아지 같은 면이 좀 없네"라고 말한 적도 있다. 강아지 같은 면이 뭘까. 떠올려보니 나 역시 초반에는 달콩이에게 그 '강아지 같은 면'을 조금 기대했던 것 같다. 애교도 많고, 사람 무릎에 계속 올라오고, 안아달라고 하고, 이곳저곳에서 쉽게 살랑살랑 꼬리를 흔드는 강아지를. 그래서 새초롬한 달콩이에게 종종 서운함을 느끼기도 했다. 하지만 달콩이를 쭉 지켜보다 보니, '과연 내가 서운해할 자격이 있나?' 싶다.

반려견은 당연히 보호자에게 먼저 다가오는 존재로 여겼었다. 따지고 보니 꼭 그래야 할 이유는 없다. 달콩이는 독립적이지만 늘 곁에 함께 하는 '가족'의 모습 그 자체다. 오라고 할 때 순순히 오진 않아도, 달콩이는 늘 멀리서 우리를 살핀다. 우리가 달콩이를 등지고 가버리는 척하면 슬쩍 뒤꽁무니를 쫓아올 줄도 안다. 사람과 거리를 두는 편이라 원하는 게 있어도 쉽게 매달리거나 보채지 않는다. 하지만 가끔 놀고 싶은 걸 못 참을 때에는 인형을 문 채, 내 근처로 와서 구슬픈 삑삑이 소리와 불쌍한 눈빛을 동시에 발사한다. 달콩이표 원거리 공격인 셈이다. 생각하면 할수록 그런 달콩이라서 참 다행이라는 생각이 든다. 보호자의 감정에 잘 휩쓸리지 않는 달콩이라서. 나의 우울과 불안을 가져가지 않아서.

나의 첫 반려견 꾸부는 나의 우울을 고스란히 흡수했다. 내가 방문을 닫고 울면 꾸부는 어김없이 방문을 긁었다. 문을 열어주면 총총 옆으로 다가와 날 지켜주었다. 나는 내 옆에 와준 꾸부를 부둥켜안고 눈물을 뚝뚝 흘렸다. 축축하고 짜디짠 눈물이 꾸부의 털과 피부를 지나 마음에까지 옮아갔을 것이다. 꾸부는 날이 갈수록 무기력해졌고 자주 사람 눈치를 보았으며 가끔은 정말이지 우울해 보였다. 그 시절 나는 꾸부를 진심으로 사랑했지만, 돌이켜보면 이기적인 형태의 사랑이었다. 나에게 맞추어 주길 바랐고, 부르면 와주길 바랐고, 나를 기다려 주길 바랐고, 항상 그 자리에 있어 주길 바랐다.

이제 와서 꾸부를 생각하면 미안한 마음만 가득하다. 반려견이 보호자를 일방적으로 위로해 줄 의무는 없는데. 나는 꾸부에게 그걸 강요했던 것 같다.

그래서 새침한 달콩이를 보며 서운한 감정이 들 때마다, 이내 그런 감정을 느끼는 나 자신을 타이른다. 다행인 거야. 달콩이가 자신을 지킬 줄 아는 강아지라서. 섭섭함을 거두고, 내가 더 사랑을 표현한다. 사람도 사랑을 겉으로 잘 표현하는 사람이 있고 그렇지 않은 사람이 있는 거니까.

달콩이는 자기만의 방식대로 사랑을 보여준다. 평소 달콩이는 사명감을 가지고 엄마와 아빠를 지킨다. 바람에 날아가는 비닐봉지만 보아도 화들짝 놀라 도망갈 정도로 겁이 많으면서도, 항상 우리가 머무는 공간의 문 앞에서 보초를 선다. 시선은 언제나 바깥쪽을 향해 있다. 누가 쳐들어오기라도 하면 멍멍거리며 쫓아낼 준비를 하는 것이다. 달콩이는 우리를 신뢰한다. 무섭고 불편할 법도 한데, 위잉 소리를 내는 이발기로 예민한 부위를 이발해도 얌전히 기다려 준다. 또, 무작정 다가가면 도망부터 가는 달콩이지만 다가가는 목적을 알 때는 도망가지 않는다. 상처를 치료해 주려고 다가가면, 내 손에 들린 연고를 발견하는 순간 도망가던 걸음을 멈춘 채 치료에 임한다. 우리가 예뻐해 주는 타이밍도 기가 막히게 알아차려서 그럴 땐 알아서 예쁨받을 준비를 한다. 거리를 두는 게 더 익숙한 달콩이가 아주 조금씩 거리를 좁히는 그 순간순간마다, 나는 달콩이의 사랑을 마음으로 느낀다.

앞으로도 달콩이가 자신의 영역을 지킬 줄 알았으면 좋겠다. 부디 보호자에게 헌신적이지 않았으면 좋겠다. 조금 섭섭한 순간들이 와도 괜찮다. 원래 가족이라면 서로를 누구보다 사랑하면서도 서로 무심하게 굴기도 하는 거니까. 아빠가 쌀쌀맞은 달콩이를 보시고는 "온정이랑 똑 닮았네, 뭐"라고 말씀하신 적도 있다(죄송해요, 아빠). 나도 부모님을 누구보다 사랑하지만 표현에 서툴고 혼자만의 시간을 좋아했었으니, 가족이 원래 그런 거 아니겠는가.

무엇보다 달콩이는 존재만으로도 우리를 웃게 하고, 우리를 건강하게 만든다. 달콩이를 알아가면 갈수록, 나는 달콩이가 내게 먼저 다가오기를 바라지 않는다. 내가 먼저 달려간다. 조건 없이 그저 사랑을 퍼부어 주러 다가갈 때, 달콩이는 내 마음을 어찌 알고는 기꺼이 배를 뒤집는다.

| 지레 도망치지 않을 용기 |

평일 네다섯 시쯤 동네로 산책나가면 어딜 가든 사람이 바글바글하다. 특히 어린이집이나 유치원이 끝난 뒤 엄마나 아빠의 손을 잡고 뒤뚱뒤뚱 걷는 아이들, 놀이터에서 놀고 있는 아이들이 많다. 이런 장소를 지나갈 때 달콩이의 인기는 치솟는다. 보통 아이 한 명이 달콩이를 발견하고 자그마한 손가락을 뻗으며 "멈머!" 하고 소리친다. 그러면 나머지 아이들도 일제히 고개를 돌려 달콩이를 보고 "우와, 멈머이다! 큰 멈머!" 하고 말한다. 나는 아이들에게 "멍멍이 안녕?" 하고 달콩이의 답인사를 대신한다.

얼마 전까지만 해도 아이들이 달콩이에게 알은체를 하면 바짝 긴장했었다. 아이가 달콩이에게 다가오진 않을까, 혹시 달콩이를 덥석 만져버려서 달콩이가 짖으면 어떡하나 걱정이 되어 아예 싹을 잘라버리고 도망치기에 바빴다. 아이들이 달콩이를 보며 얼마나 해사하게 웃는지, 얼마나 예쁜 말을 하는지 알지 못했다. 하지만 그런 상황에 자주 부딪혀 보니 멀리서는 인사를 해볼 만하다는 걸 알게 되었다. 아이들은 항상 보호자와 함께 있고, 아이가 큰 강아지에게 달려가도록 내버려 두는 보호자는 없으니까.

많은 부모가 아이에게 강아지를 보여주고 싶어 한다. 그래서 "우와, 저기 멍멍이 있네?" 하며 먼저 아이의 관심을 끄는 경우도 많다. 몇몇 아이는 무서운지 멀리서 쭈뼛거리며 손을 흔들지만, 어떤 아이는 달콩이에게 금방이라도 달려올 것처럼 시동을 건다. 나는 달콩이 줄을 꽉 붙들고 긴장한다. 이때 어른들은 아이를 붙잡으며 이야기한다.

"○○야, 갑자기 다가가면 강아지가 놀라요. 예쁜 강아지가 놀라면 안 되겠지? 멀리서 보자."

이 동네에서 달콩이를 산책시키며 마주친 아이의 부모들

은 한결같이 이렇게 말을 예쁘게 해주셨다. "너 그러다가 저 강아지한테 물린다?" 같은 말은 들은 적 없다. 위협을 느끼지 않도록 내가 조심해서 그런 것도 있겠지만, 어쨌든 강아지 입장으로 돌려 말해 주는 건 쉽지 않은 일이다. 후다닥 도망가려던 나는 그 다정한 말에 용기를 내어 발걸음의 속도를 조금 늦춘다. 그래도 괜찮다는 걸 알기까지 오랜 시간이 걸렸다. 이제는 반짝거리는 눈으로 달콩이를 바라보는 아이가 달콩이의 궁둥이라도 한 번 더 볼 수 있도록 천천히 지나간다. 물론 안전거리는 항상 지킨다. 멀리 있으니 달콩이 역시 크게 반응하지 않고 가던 길을 간다. 이 정도의 간접 소통만으로도 달콩이와의 산책은 좀 더 아름다운 시간이 된다.

아이들은 달콩이를 보며 귀엽다고 말한다. 귀여운 애가 귀여운 애를 보고 귀엽다고 말하네, 생각하면 웃음이 난다. 순수한 아이들의 표정에는 거짓이 없다. 아이들은 진심으로 달콩이를 예뻐하고 좋아해 준다. 달콩이가 모두에게 사랑받을 필요는 없다고 생각해왔지만, 나도 사람인지라 달콩이가 사랑받는 순간에는 벅차오를 만큼 기분 좋다. 평소에는 잘 누리기 어려운 기쁨이다. 사람들이 개를 싫어할까 봐, 달콩이가 크다고 무서워할까 봐 달콩이를 내 다리 뒤로 숨기고, 구석으로 몰아넣고, 여기저기 죄송하다 말하며 도망 다니기에 바빴으니 말이다.

언제부턴가 달콩이는 사람에게 경계심이 강한 강아지가 되었다. 요즘 나는 달콩이가 이렇게 겁이 많아진 이유를 나에게서 찾곤 한다. 그냥 좀 부딪쳐 보면 될 것을. 지레 겁먹고 달콩이를 자꾸 치마폭 뒤로 숨기려는 나 때문에, 세상을 향한 달콩이의 벽이 점점 더 두꺼워져 버렸다.

조심한다고 했는데도 사람들로부터 혐오의 눈빛을 받거나 안 좋은 소리를 들은 적이 몇 번 있다. 한번은 달콩이가 냄새를 맡고 싶어 하는 쪽에 마침 사람이 지나갔고, 그 사람은 달콩이가 자기한테 다가오는 줄 알고 기겁을 하며 나와 달콩이를 흘겨보았다. 소심한 나는 상처받고 그 상황을 여러 번 곱씹으며 다음에는 더 조심해야지, 달콩이의 리드줄을 더 조여야지, 생각했다. 지나가는 모든 사람들이 달콩이와 조금도 닿지 못하게 노력했다. 이제야 깨닫는다. 나의 그런 행동들이 달콩이를 숨 막히게 했을 것이다. 우리 가족 빼고는 모두 적이라고 느끼게 했을지도 모른다.

가장 큰 문제는 '일어나지도 않은 일'에 너무 겁을 먹었다는 것이다. 사고를 미연에 방지하는 건 중요하지만 그래도 현재를 잘 살아가는 것 역시 그만큼 중요하다. 달콩이가 남들한테 뭐 그렇게 큰 피해를 줬다고 나는 도망까지 다니는 보호자가 되었나. 간혹 개를 무서워하는 사람이 있었을 뿐이고, 모르는 사람이 달콩이를 만지려 하면 달콩이가 겁을 먹고 짖었을 뿐이다. 가만히 지나가는 사람에게 짖은 것도 아니고 누구를 문 것도 아닌데. 어떻게 지나가는 모든 사람까지 배려하고 만족시키면서 살까. 무엇보다 이 동네에는 달콩이에게 친화적인 사람이 훨씬 많다. 어디에 있는지도 모르는 소수의 사람들을 걱정하느라 온몸에 날을 세우고 다녔다, 나는.

결국은 나 자신이 미움받거나 욕먹을 용기가 없어서 미리 방어막을 친 것 같다. 그런 나의 행동들이 달콩이를 이토록 예민하게 만들었다. 그래 놓고 나는 내 강아지를 잘 간수하는 개념 있는 보호자라며 합리화했다. 남을 배려하는 것도 중요하지만 그보다는 사랑하는 내 가족이 먼저였어야 했다.

사람들이 달콩이를 보며 착하다고 칭찬할 때도 나는 늘 부정하기 바빴다. 아니에요. 달콩이 성질 더러워요. 막 사람들한테 짖고…라고, 변명하듯 말했다. 그런 나를 보며 시어머니께서는 이렇게 말씀하시기도 했다. "에이, 무서워서 그러는 건데 뭘. 그리고 강아지가 짖는 게 당연한 거지? 그게 뭐 문제라고." 어머님 말씀이 맞았다. 강아지가 다니면 안 되는 길로 다닌 것도 아니고, 강아지를 키우면 안 되는 곳에서 달콩이를 키운 것도 아닌데 왜 그리 죄인처럼 지냈나 싶다. 내 가족을 내 입으로 자꾸 깎아내리고 있었다는 것이, 자꾸 숨겼다는 사실이, 문제가 아닌 것들까지도 문제로 삼았다는 것이, 참 마음 아프다.

달콩이 문제뿐 아니라 원체 내 성격이 이렇다. 일어나지도 않은 일을 걱정하고 매 순간 '혹시'를 가정하느라 늘 피곤하게 산다. 무엇을 할 때마다 타인의 시선을 신경 쓰고, 타인의 감정을 살피느라 내 감정을 소모할 때도 많다. 그러니 달콩이를 향한 나의 미안한 마음이 아무리 크다 해도, 당장 달콩이의 줄을 편안하게 잡기는 어려울 것 같다. 그래도 이제는 도망만큼은 가지 않으려 노력한다. 길 가다가 마주하는 이웃들과 자연스럽게 인사하고, 산책 중 마주치는 경비 아저씨나 미화원 선생님들께도 꼭 인사를 건넨다. 나의 경직된 표정이 예전보다 부드러워졌는지 먼저 말 거는 분들이 눈에 띄게 늘어났다. 내가 모르는 사람과 이야기를 나누면 어쩔 줄 몰라 하던 달콩이도 이제 점점 그런 상황에 익숙해지고 있다.

결국 나의 사회성을 기르면 달콩이의 사회성도 자연히 좋아질 것이다. 만약 내가 사람들이랑 대화하기 좋아하는 수다쟁이 아줌마였다면, 남 눈치 덜 보고 당당하게 사는 사람이었다면 어땠을지 상상해 본다. 적어도 달콩이가 사람을 무서워하지는 않았을 것 같다. 앞으로는 천천히 용기를 내보아야겠다. 자연스럽게 다가오는 사람이 많을수록, 달콩이와 인사하는 사람이 늘어날수록 달콩이도 이게 무서운 일이 아니라는 걸, 사람들이 자신을 해치지 않는다는 걸, 오히려 귀염받는 좋은 시간이라는 걸 알게 될 테니까.

달콩이 덕에 용기를 내다보면 지금껏 마음먹어도 잘 고쳐지지 않던 나의 고질병들 역시 조금씩 나아질지도 모르겠다. 긴장을 내려두는 법, 복잡하게 생각하지 않는 법, 지레 겁먹지 않는 법. 나를 위해서도, 달콩이를 위해서도 꼭 필요한 훈련이다.

2부 너를 돌보며 어른이 된다

사람은 무엇으로 사는가

오랜 시간 끌어온 숙제를 풀게 해준 건…

눈에 보이는
사랑

길고 긴 터널을 지난 적 있다. 힘든 일을 이겨내고 나면 바통 이어받듯 다시 힘든 일이 닥쳐왔다. 사실 삶의 그러한 반복 패턴에 어느 정도 익숙해져 있던 시기였다. 결국엔 다 지나갈 일이라는 걸, 원래 그런 게 인생이란 걸 잘 인지하고 있을 정도로 마음이 단단해져 있었다.

하지만 그렇게 강해진 마음도 그때는 큰 힘을 쓰지 못했다. 마음이 아니라 몸이 계속 아팠기 때문이다. 봄날에 식은땀을 흘리며 덜덜 떨 정도로 극심한 몸살을 앓았고, 그게 지나간 뒤 한숨 돌리려나 했는데 대상포진에 걸렸다. 살짝만 움직여도 살갗이 쓰라리고 차 키를 손에 쥘 힘조차 없는데 출근은 해야 했다. 그런 식의 릴레이 아픔은 반년이 넘도록 지속되었다. 애써 긍정적으로 하나를 잘 이겨내고 나면 다른 아픔이 불쑥 찾아왔다. 아무리 마음을 잘 다잡아도 물리적인 아픔 앞에서는, 체력적인 한계 앞에서는 손 쓸 도리가 없었다. 체력이란 게 한 번에 나아지는 게 아니다 보니 더 그랬다. 이것이 앞으로 살아가는 동안 끝나지 않을 싸움처럼 느껴졌다.

그 시기에 많은 생각을 했다. 특히 '왜 사는가?'라는 질문에 골몰했다. 난관의 연속인 이 삶을 열심히 헤쳐나가야 하는 이유는 뭘까. 왜 이대로 고꾸라지지 않고, 건강하게 잘 살기 위해 노력해야 하나. 살기 싫다는, 그런 부정적인 생각은 아니었다. 그저 이 문제에 대해 치열하게 고민해야만 내가 앞으로의 삶에 의심 없이 임할 수 있을 것 같았다. 왜 살까. 왜 살까…. 사실 그전부터도 수없이 의문을 품어 왔지만 답을 찾지 못했다. 난 어려서부터 인생에 자주 회의를 느꼈고 사는 게 종종 허무했으니까. 내가 사는 이유는 나 자신에게 있어야 마땅하다고 여겼다. 그래서 내 안에서 답을 찾으려 노력했지만 늘 실패했다.

인생의 본질에 대해 몰두하느라 머릿속은 잔뜩 심각하고 대상포진으로 몸은 계속 안 좋던 그때, 칼로 살을 베는듯한 고통 속에 울면서 퇴근하고 집에 돌아오면 남편과 달콩이가 있었다. 둘은 나를 안아주고 반겨주었다. 남편은 아픈 나를 걱정하며 밥 지어주고 한껏 예민해진 나를 감싸며 도닥여주었다. 땅바닥에 누워있는 달콩이 옆에 지친 몸을 누이면 새근새근, 그 작은 코로 숨 쉬는 소리가 들려왔다. 그 옆에서 나도 가만히, 깊게 숨 쉬었다. 그럴 때면 문득 내가 살아있음을 느꼈다. '우리 달콩이랑 산책 나가야 하는데….' 하지만 몸이 아프니 나갈 수가 없었다. 달콩이와 함께 뛰어놀 수도, 홍군과 즐겁게 요리를 할 수도 없었다. 그때 깨달았다. 아, 나는 이 존재들을 이유 삼아 살아가야 하는구나. 더 건강하게, 더 씩씩하게.

우리 집 베란다는 빈틈없이 인조 잔디로 깔려 있다. 달콩이가 뛸 때 층간 소음이나 미끄러질 걱정을 덜기 위해 남편이 깔아준 것이다. 해가 좋던 어느 날, 눈 부신 햇살이 쏟아져 내리는 초록 잔디 위에서 남편과 달콩이가 공놀이하는 걸 가만히 지켜보다가, 갑자기 심장이 콩닥거렸다. 공 하나에도 그토록 만족스러운 표정을 짓는 달콩이와, 어떻게 하면 달콩이를 더 즐겁게 해줄 수 있을까 궁리하다 잔디를 깔아준 남편을, 그 잔디 위를 함께 뛰어다니는 둘을 보며 생각했다. 아, 이게 행복이구나. 이게 사랑이구나. 이게, 내 삶의 이유구나….
더 이상 부정할 수도, 부정할 까닭도 없었다.

이제야 문제의 답을 알 것 같다. 돌고 돌아 결국은 사랑이었다. 내가 사는 이유는, 그 이유가 꼭 나 자신이 아니라 해도, 내가 살아가야 하는 이유는 사랑이었다. 그걸 인정하기까지 조금 오래 걸렸다. 어쩌면 부정해 왔던 것도 같다. 인생은 혼자 사는 게 아니라는 걸. 본래 인간은 사회적 동물이라지만, 그리고 나 역시 꾸준히 여러 가지 모양의 사랑을 해왔고 받아보았지만 수긍하기 어려웠다. 인정하는 순간 타자에게 의존하는 나약한 사람이 될까 봐 두려웠다. 만약 사랑하는 상대가 사라지기라도 한다면 나 역시 사라지게 될 테니까.

하지만 쓸데없는 자존심이었다. 상대는 가족인걸. 가족이 사라질까 봐 걱정하느라 사랑을 아끼는 건 바보 같은 짓이다. 사랑은 사람을 살아가게 한다. 움직이게 한다. 삶을 충만하게 한다. 무엇보다, 현재를 살게 한다. 수많은 예술 작품이나 노래들이 사랑을 이야기하지만, 오히려 사랑 이야기가 너무 흔해서 얼마나 소중한지 잘 알아채지 못했다. 가족 간의 사랑이 특히 그랬다.

가족 간의 사랑은 눈에 잘 보이지 않고, 표현하기도 쉽지 않아서 놓치기 쉽다. 하지만 가족 중에서도 반려동물과 주고받는 사랑은 다르다. 부끄러워할 필요도, 계산할 필요도 없다. 시도 때도 없이 쫓아가 포옹하고 뽀뽀하고 표현한다. 사랑을 보여주면 달콩이도 덩달아 사랑을 표현한다. 총총 다가와서 내 손과 얼굴을 핥아주고 내 몸에 코를 파묻은 채 부비적거린다. 기꺼이 자신의 체온을 나누어준다. 이렇게 적극적으로 사랑을 나누다 보면 사랑이 눈에 보일 지경이 된다. 나는 달콩이로부터 눈에 보이는 사랑을 배웠다.

달콩이의 존재 자체가 내 삶의 이유라고 말한다면 그건 비약일 것이다. 하지만 달콩이는 내 삶의 이유를 알게 해준 존재라고, 분명하게 말할 수 있다. 달콩이라는 한 생명을 키우면서 배우고 느끼는 게 너무나 많다. 사랑을 주고받는 게 인생을 살아가는 데 얼마나 중요한 일인지 알게 되었다. 늘 하고 있었지만, 새삼스럽게도.

그러니까 달콩이는, 엄마가 싸주시는 멸치볶음에 담긴 사랑이 얼마나 큰 건지 깨닫게 해주었다. 또, 새벽에 기침하는 나를 위해 따뜻한 자리끼를 준비해 두는 남편의 마음이 어떤 것인지 헤아리게 했다. 학창 시절, 살기 싫다는 생각이 들 때마다 떠올랐던 부모님의 얼굴. 당시엔 그게 내 발목을 붙잡는다 생각했지만, 그것이야말로 가장 큰 사랑이었다. 말 그대로 '나를 살게 한 이유'였다. 백수가 되고 자존감이 한껏 낮아져서 허덕일 때 시부모님께서 무한히 주셨던 응원과 사랑도, 그 시기에 "괜찮아. 네가 하고 싶은 거 하면 되는 거야"라며, 평생 기다려 왔던 한 마디를 무심한 듯 따뜻하게 건네준 친오빠의 마음도, 모두 다 내가 오늘을 충실히 살고 내일을 준비하게 하는 원동력이었다.

가족 간의 사랑. 늘 뭉뚱그려 느껴왔지만, 그 추상적인 존재를 또렷하게 만들어 준 것은 달콩이다. 나는 사랑의 위대함에 겁내지 않기로 했다. 내가 살아가는 이유는 사랑임을, 부끄럽게 생각하지 않기로 했다.

지금의 나는 달콩이가 깨우는 소리에 눈을 뜨고, 달콩이가 밤새 배와 발바닥에 적립해 둔 꼬순내를 맡으며 겨우 잠에서 깬다. 달콩이에게 뽀뽀를 퍼부으며 하루를 시작하고, 달콩이를 보고파 하는 마음 안은 채 하루를 버티다가, 집에 돌아오면 달콩이와 산책하고 홍군과 셋이서 두런두런 대화 나누며 웃는다. 달콩이가 우리의 가족임에, 내 옆에 건강히 있어줌에 늘 감사하며 지낸다. 어느 하나도 당연한 것은 없다.

사람은 무엇으로 사는가. 오랜 시간 끌어온 숙제를 풀게 해준 건 바로 나의 사랑하는 반려견, 달콩이다.

넌 나를 움직이게 해

여러 번 퇴사하며 방황한 이야기를 책으로 엮어서 냈을 만큼, 반복된 퇴사와 그 이후의 공백기는 겪고 또 겪어도 어렵고 힘든 일이었다. 겨우 삼십 대 초반에 네 번째로 퇴사하게 되었을 때 나는 완전히 자포자기 상태였다. 바로 다시 취직을 준비할 자신도 없었고, 사회에 나간다 해도 과연 내가 어떤 위치에서 어떤 일을 할 수 있는 사람인지 혼란스러웠다. 열심히 미래를 계획해 봤자 어차피 내 뜻대로 되지 않으니 일단 당장 내가 할 수 있는 걸 하기로 했다. 그래서 대부분의 시간을 글 쓰고 세 끼 식사를 챙겨 먹는 데에 할애했다.

그 기간 달콩이가 아니었다면 나는 온종일 집에만 처박혀 있었을 것이다. 나는 실외에서만 쉬야, 끙아를 하는 달콩이를 데리고 비가 오나 눈이 오나 하루 세 번씩 산책을 나가야 하는 임무를 가진 집사였다.

게다가 온종일 붙어 지내다 보니 달콩이의 분리불안이 다시금 심해졌다. 내가 일하러 다닐 땐 혼자서 하루 열 시간도 잘 기다려 주었는데. 달콩이가 혼자 있는 법을 까먹지 않도록 나는 아침 일찍 일어나 노트북을 들고 집 근처 카페로 나갔다. 달콩이는 그나마 잠이 덜 깬 아침 시간에 분리불안이 덜 하기 때문에 꼭 '아침 일찍'이어야 했다. 야행성에다가 아침잠이 워낙 많은 내가, 출근이라는 강제성도 없는데 아침 일찍 일어나는 건 정말 어려운 일이었다. 그래도 달콩이를 생각해서 무거운 몸을 겨우 일으켰다. 카페에서 두세 시간 글을 쓰고 집에 오면 나를 반기는 달콩이를 데리고 산책을 나갔다.

달콩이는 축 늘어진 나를 어떻게든 움직이게 했다. 하루 세 번, 달콩이에게 하네스와 리드줄을 채우고 그 줄을 크로스백처럼 내 몸에 맸다. 16층까지 느릿느릿 올라오는 엘리베이터를 기다리는 동안, 쭈그려 앉아서 내 손 크기에 딱 맞는 달콩이 주둥이를 양손으로 긁어주고 삐죽삐죽 튀어나온 털들을 쓰다듬어서 가지런히 정리해 주었다. 산책을 앞둔 달콩이의 눈은 왠지 더 초롱초롱해 보였다. 엘리베이터를 타고 마침내 1층에 내린 뒤엔 발걸음을 재촉하는 달콩이를 따라 계단 두어 개를 지나 벽돌 바닥을 밟았다. 비록 코로나로 인해 마스크를 써야 했지만 빈틈을 뚫고 들어오는 풀 내음을 맡았고, 계절이 변하는 모습을 시시각각 구경했다. 귀여운 궁둥이를 씰룩거리며 걷는 달콩이의 뒷모습을 보며 푸하하 웃음을 터트리기도, 자기가 원하는 길로 가겠다며 떼쓰는 달콩이를 달래느라 진이 빠지기도 했다. 사람이 적은 곳에서는 글 쓰느라 뻐근해진 어깨를 휘휘 젓기도 했고 중간중간 하늘을 바라보며 심호흡도 했다. 집으로 오면 더러워진 달콩이의 털을 슥슥 빗겨주곤 고새 포실하니 예뻐진 얼굴에 뽀뽀를 퍼부은 뒤 간식을 주었다.

달콩이는 강아지보다는 고양이 같은 성향이 강해서 워낙 잘 튕기고 그 마음을 잘 알 수 없는 편인데, 그 시기에는 마치 리드줄이 서로의 마음을 연결해 주는 것만 같았다. 달콩이와 산책을 하면 할수록 정서적으로 교감하고 있다는 기분이 강하게 들었다. 겨울을 좋아하는 나와 추위에 강한 털북

숭이 달콩. 우리는 차가운 공기를 온몸으로 맞으며 말없이도 마음을 나누었다.

반년 이상 그런 일상을 보내며 행복한 순간도 많았지만 힘들 때도 많았다. 밥해 먹고 산책 나가다 보면 글 쓸 시간이 한참 부족하게 느껴졌다. 나름 정신없이 하루를 보냈음에도 밤이 되면 하루를 알차게 보냈다는 생각이 들지 않았다. 마음의 여유가 없으니 달콩이와 나가는 산책이 의무처럼 느껴졌고, 점점 권태를 느끼기 시작했다. 그건 나만의 생각이 아니었던 것 같다. 내 몸에 이어진 리드줄에서 달콩이 역시 이 일상에 권태를 겪고 있다는 게 느껴졌다. 매일 똑같은 동네를 걷고, 비슷한 냄새를 맡고, 어느 순간부터는 그저 배변을 해결하기 위한 수단으로 산책하고 있는 달콩이를 발견했다. 누구보다 부지런하게 통통 튀던 달콩이의 발걸음은 조금씩 무거워졌고, 냄새를 맡는 코는 미세하게 소극적으로 변했다. 산책하는 달콩이의 모습을 매일 관찰해 왔기에 작은 변화도 나에게는 크게 다가왔다. 지루해 보이는 달콩이의 모습에 힘도 쭉 빠졌다. 내 딴에는 노력하고 있는데. 아무리 동네 산책이라고 해도 제법 많은 에너지와 시간을 필요로 하는데. 속상했다. 그나마 다행인 건, 해결책이 떠올랐다는 것이다.

달콩이는 강아지 친구들을 무척 좋아한다. 달콩이에게 사람과 강아지 중에 골라보라고 한다면 무조건 강아지를 고를 것이다. 내가 돈을 벌 때는 달콩이를 주 2~3회씩 유치원에 보내서 친구들과 맘껏 뛰놀게 했다. 하지만 또다시 백수가 되면서 유치원 지출부터 줄였고, 그걸 산책으로 커버하겠노라고 자신 있게 말했더랬다. 하지만 산책 권태기가 시작된 뒤로는 친구들과 실컷 놀지 못하는 달콩이에게 점점 미안한 마음이 들었다. 결국 내가 모아둔 용돈으로 한 달만이라도 달콩이를 유치원에 보내보기로 했다.

기존에 보내던 유치원은 작은 실내 유치원이었는데, 이번엔 천연 잔디가 넓게 깔린 운동장이 있는 유치원을 택했다. 배변도 제때제때 편하게 하고 가벼운 몸으로 뛰놀 수 있도록. 집에서 조금 먼 곳이라 고민했지만 다행히 픽업 서비스도 해주신다고 했다.

등원 첫 주부터 유치원에서 보내준 달콩이의 영상을 보며 남편과 나는 뿌듯한 웃음을 금치 못했다. 잘 적응할 수 있을까, 걱정한 게 무색할 정도로 달콩이는 신나게 놀았다. 그 짧은 다리로 어찌나 빠르게 뛰던지. TV 다큐멘터리 〈동물의 왕국〉에 나오는 치타 같았다. 강아지 친구들의 냄새를 맡고, 서로의 입 주변과 목덜미를 앙앙 무는 척하면서 놀고, 같이 흙바닥에 뒹굴기도 하고, 술래잡기를 하기도 했다. 사람에게 낯을 많이 가리는 달콩이가 유치원 선생님을 만나면 엄마, 아빠를 반기듯 꼬리 치며 낑낑거렸다. 자유로운 환경에 있으면 이토록 행복해하는 것을. 그동안 줄에만 묶어두고 다녔구나…. 달콩이가 정말 좋아하는 게 무엇인지 명확히 알 수 있어 다행이라고 느꼈다. 그리고 어떻게든 이 유치원에 계속 보내야겠다고 생각했다.

“돈을 벌어야겠어.”

마주하기 싫어서 저 구석으로 밀어두던 일을, 또다시 상처받을까 봐 사리고 있던 일을 행동으로 옮기고 싶다는 욕구가 뿜어져 나왔다. 어떻게 하면 달콩이가 즐거워할지 너무 잘 알고 있는데. 그게 돈을 투자해야 하는 일이라면 돈 벌어야지.

결국 나는 다시 직장에 나가기 시작했다. 돈을 벌기 시작한 데에는 여러 가지 이유가 있었으나 달콩이 유치원 역시 크게 한몫했다. 전쟁터라고 느끼던 사회로 다시 나가기 위해서는 큰 용기가 필요했지만, 단순하고 명확한 목표가 있으니 오히려 예전보다 마음이 덜 힘들다. 내가 사랑하는 똥강아지 맘

편히 유치원 보내주기 위해서 나는 돈 번다. 달콩이와 함께 여행도 가고, 달콩이의 낡은 물건들도 바꿔주고 장난감도 사주려고 돈 번다. 출근할 때면 달콩이에게 "엄마 달콩이 사룟값 벌고 올게!"라고 말한다. 보이지 않는 '일의 의미'를 좇아가려 할 때보다 훨씬 낫다.

달콩이는 나를 움직이게 한다. 다시 일터로 나가게 해주었고, 매일 어떻게든 동네 한 바퀴 산책하게 만들었다. 게다가 운전 중에 공황발작을 몇 번 일으킨 뒤로 한동안 운전대를 못 잡던 내가 달콩이 유치원 등원을 위해 다시 차를 몰기 시작했다. 이른 시간에는 유치원 픽업 서비스가 안 돼서, 내가 출근하는 길에 달콩이를 데려다주는 방법밖에 없기 때문이었다. 달콩이를 뒷좌석 카시트에 태우고, 강아지용 안전벨트까지 걸어주고 나면 나는 운전석에 타서 시동을 건다. 달콩이는 창문 위로 촉촉한 콧물을 묻혀가며 지나가는 바깥세상을 구경한다. 창문을 살짝 열어주면 달콩이는 털을 휘날리며 바람을 한껏 느낀다. 빨간 신호에 걸리면 나는 차를 세운 채 한 번씩 고개를 돌려 대각선에 있는 달콩이를 바라본다. 얌전히 드라이브를 즐길 줄 아는 달콩이가 기특하고 예쁘다. 출근길이 외롭지 않고, 더 이상 운전대를 잡는 일이 두렵지 않다. 그렇게 난 서서히 운전 공포증을 이겨냈다.

한동안 좀처럼 글을 쓰지 못했던 나는 오늘 이렇게 달콩이에 대한 글을 썼다. 날 쳐다보는 눈망울이 너무 귀여운 나머지 이 생명체에 대해 뭐라도 쓰지 않을 수 없었기 때문이다. 자, 이제 내 앞에서 하품하고 있는 달콩이 데리고 밤 산책 나가야겠다. 묵직한 엉덩이가 가벼워지는 순간이다. 사랑의 힘은 역시 대단하다.

너를 돌보며 어른이 된다

나는 가족을 그리 잘 챙기는 사람이 아니었다. 내 한 몸 건사하는 것만으로도 벅찼다…는 비루한 변명을 덧붙여본다. 공부나 일, 인맥, 타인의 평가 등 바깥일들에 집착하느라 가족을 챙기는 건 늘 후순위로 미루곤 했다. 언제까지나 부모님의 챙김을 받는 쪽이었고, 집에만 돌아오면 긴장이 풀려서 아무것도 안 하는 사람이 되었다. 그렇게 집에서의 나는 제 몫을 잘 못하며 살았다.

결혼한 뒤엔 비교적 달라지기는 했다. 당연한 것처럼 누리던 부모님의 내리사랑으로부터 한 발짝 멀어졌고, 남편과 둘이 벌여놓은 살림은 직접 책임져야 하니 이전보다 부지런해져야 했다. 끼니를 준비하고 청소를 하고 빨래를 했다. 그리고 나의 배우자가 안녕할 수 있도록 내 나름대로 최선을 다해 챙겼다. 하지만 여전히 나는 그릇이 작은 사람이었고, 정신적으로도 체력적으로도 쉽게 지쳐서 남편에게 챙김을 받는 시간이 더 많았다. 나는 왜 이 정도밖에 못할까. 자주 자책했다. 나의 마음 주머니는 이미 나의 삶만으로 꽉꽉 차서 빈틈을 찾기가 어려웠다. 넉넉한 사람, 주변을 잘 챙기는 사람이 되는 건 다음 생에나 가능할 것 같았다. 내가 누군가를 돌본다는 건 좀처럼 상상이 가지 않는 일이었다.

그런 나에게 달콩이가 왔다. 달콩이는 보호자의 챙김 없이는 스스로 할 수 있는 게 없었다. 밥도 줘야 하고, 물도 틈틈이 채워줘야 하고, 목욕도 시켜줘야 하고, 빗질도 해줘야 하고, 산책도 시켜줘야 하는 존재였다. 나에게 여유가 있든 없든 묻지도 따지지도 않고 해야만 하는 일들이었다.

사람이 과연 하루에 몇 번이나 진심으로 행복할 수 있을까? 마음에서 우러나오는 진짜 웃음, 때 묻지 않은 웃음을 몇 번이나 터트릴 수 있을까. 달콩이가 우리의 가족이 된 뒤로 나는 하루에 무조건 한 번 이상 그렇게 웃는다. 달콩이가 하품만 해도, 장난감만 물고 있어도 너털웃음이 절로 난다. 달콩이가 속을 썩인 날에도 그 끝은 결국 웃음이다. 그토록 귀한 행복을 선물해 주는 달콩이에게 고마워서, 바라보기만 해도 사랑이 퐁퐁 샘솟아서, 혼자서는 할 수 있는 게 거의 없는 달콩이가 괜찮은 삶을 누릴 수 있도록 우리 부부는 애쓴다.

지난 3년간 달콩이를 돌보며 어려운 일도 많았다. 분리불안이나 짖는 문제, 배변 문제 등 처음 겪는 일들에 당황스러웠고, 때론 막막했지만 그래도 꾸준히 노력하며 차근차근 해결책을 찾아왔다. 남편과 "이 문제도 결국 해결이 되네?"라고 말하며 감격하는 순간들도 많았다. 하지만 오랜 시간 신경 써도 여전히 해결하지 못하는 문제가 하나 있었으니, 바로 달콩이의 알레르기였다. 캥거루 같은 근육질 몸에 감기 한 번 걸린 적 없을 정도로 건강한 달콩이지만 이놈의 알레르기 문제는 아무리 노력해도 끝이 보이지 않았다.

아기 때 닭고기가 들어간 간식을 먹으면 여기저기 긁길래 닭 알레르기가 있나 보다 했는데, 그 뒤로 다른 걸 먹여도 왕

왕 가려워하고 몸에 우툴두툴한 두드러기가 올라왔다. 그나마 알레르기 반응이 없는 오리고기나 양고기 같은 몇 가지 단백질원을 찾아냈지만, 그마저도 반복적으로 먹이다 보니 알레르기 반응이 나타나기 시작했다. 증상은 점점 심해져서 나중엔 양배추나 고구마 같은 채소류조차 먹지 못하는 수준이 되었다. 알레르기가 있는 강아지에게는 간식 말고 사료만 먹이라고들 하는데, 사료도 결국 음식인지라 달콩이에게 맞는 사료를 찾는 것도 보통 일이 아니었다.

다행히 맞는 사료를 겨우 하나 찾고 간식을 끊으니 긁는 게 줄어들긴 했지만, 그래도 걱정은 끝나지 않았다. 한 가지 사료만 계속 먹이다가 나중에 그 사료에도 알레르기 반응을 보이게 된다면? 그 순간부터 달콩이는 대체 뭘 먹고 살아야 하는 걸까. 앞선 두려움에 틈나는 대로 다른 사료를 테스트해 보았으나 성과는 없었다. 결국 2년이 넘도록 달콩이는 한 종류의 사료만 먹었다. 그렇게까지 음식을 제한해도 가끔은 원인도 모르게 긁는 게 심해지고 눈 주변이나 겨드랑이, 배 쪽이 빨개졌다.

사실 남편과 나는 '개가 흙도 씹어먹고 해야 건강하게 크는 거지'라는 주의였다. 뭐든 잘 먹고 잘 뛰다 보면 건강하게 살 거라고 막연하게 생각했던 것이다. 달콩이는 정말이지 흙도 풀도 잘 씹어 먹지만 막상 음식은 아무거나 먹을 수 없는 강아지였다. 그 착하고 예쁜 눈을 보면서도 맛있는 간식 하나 주지 못하는 보호자의 마음은 참으로 속상하고 안타깝기 그지없었다. 달콩이는 몸을 박박 긁느라 밤새 잠도 못 잘 정도로 알레르기가 심해졌다. 말도 못 하고 그저 자기 몸에 상처를 내는 달콩이를 보고 있자면, 너무 불쌍해서 눈물이 났다. 대체 어쩌다 이렇게 된 걸까. 검색하고 또 검색해 보고, 수의사 선생님께 물어보아도 명확한 원인을 알 수 없었다. 그냥 다 내 잘못인 것만 같았다.

결국 최근에는 큰마음 먹고 동물병원에 가서 달콩이의 알레르기 검사를 했다. 진작부터 해보고 싶었지만, 검사 비용이 만만치 않은 데다가 정확도까지 낮은 편이라 수의사 선생님들도 그리 추천하지 않는다고 했다. 하지만 끝이 보이지 않는 이 싸움을, 실마리조차 보이지 않는 이 갑갑함을 더는 참을 수 없었다. 지푸라기라도 잡아야 했다. 마침 나의 생일이 다가왔고 남편이 가지고 싶은 게 뭐냐고 묻길래, 내 선물 살 돈을 달콩이 알레르기 검사에 보태 달라고 부탁했다. 내가 바라는 건 달콩이의 치유뿐이었다.

알레르기는 크게 환경 알레르기와 음식 알레르기로 나뉘는데, 강아지의 경우 피검사를 통해 어떤 환경과 어떤 음식에서 알레르기 반응을 일으키는지 확인한다. 병원에서 달콩이의 피를 뽑고, 발을 동동 구르며 2주를 기다렸다. 그렇게 받은 검사 결과는 충격적이었다. 어떤 음식을 먹어도 심하게 긁던 달콩이의 검사 결과지에는 알레르기 반응이 나타난 음식이 거의 없었다. 대신 진드기 같은 환경 알레르기의 수준이 매우 높았다. 처음에는 결과를 믿지 못했다. '말도 안 돼, 알레르기를 일으키는 음식이 이렇게 없다고? 뭘 먹여도 심하게 긁고 피부가 빨개지는데? 역시 알레르기 검사는 돈만 날리는 짓이라더니. 우리도 결국 돈만 날렸네…' 하고 생각했다. 하지만 수의사 선생님과 상담하다 보니 조금씩 퍼즐이 맞춰졌다. 환경적인 요인 때문에 피부 장벽이 워낙 약해진 상태여서, 음식에 살짝만 반응해도 피부에 큰 영향을 준다는 것이었다. 머리가 띵 해졌다. 달콩이를 생각해서 청소를 신경 쓴다고 하긴 했지만 그래도 역부족이었던 것 같다. 아니, 확실히 역부족이었다. 객관적으로 보아도 나는 청소와 그리 친한 사람이 아니었으니까.

이쯤에서 고백하건대, 나는 청소의 필요성을 잘 느끼지 못하는 사람이었다. 흐린 눈으로 집을 보는 데 능했다. 청소를 안 해도 딱히 불편함을 느끼지 못하니 날이 갈수록 더 게을러졌다. 우리 부부는 집밥을 중요시해서 집안일의 우선순위는 늘 요리나, 꼭 해야만 하는(하지 않으면 입을 속옷과 신을 양말이 없는) 빨래에 집중되었다. 식자재를 살 땐 무항생제니 친환경이니 까탈스럽게 골라놓고, 그 장바구니를 들고 들어오는 집은 실질적으로 먼지 구덩이였다.

부모님과 살 때도 나는 살림에 시간과 노력을 많이 쏟는 엄마를 잘 이해하지 못했다. 엄마는 쭉 전업주부였다가 내가 고등학생일 때부터 일터에 나가기 시작하셨는데, 하루하루 바빠서 몸이 부서질 지경이 되어도 식구들 밥 짓는 일과 청소만큼은 절대 게을리하지 않으셨다. 매번 인상을 찌푸리고 힘들다, 죽겠다, 하시면서도 발에 뭐가 밟힌다면서 청소하시는 엄마를 보며 나는 답답해했다. "엄마, 하루 이틀 청소 안 한다고 큰일 나요? 엄마 몸이 더 중요하죠. 왜 굳이 어제 한 청소를 오늘 또 하세요?"라고 말한 적도 있다. 맞다. 그 못된 주둥이를 놀릴 시간에 일어나서 무슨 일이라도 했어야 했는데.

난 불효녀였다.

이제야, 이 지경이 되어서야 조금씩 엄마를 이해한다. 왜 힘든 몸으로 끙끙거리시면서도 매일 청소를 하고 밥을 지으셨는지. 달콩이 알레르기 검사지에 적혀있는 이름도 모를, 눈에 보이지도 않는 진드기 악당들로부터 달콩이를 지키기 위해 나는 인상을 찌푸리고 힘들다, 죽겠다, 하면서 청소를 한다. 달콩이를 이런 먼지 구덩이에 살게 하면서 최선과 노력을 운운했다니. 투덜거릴 자격도 없다고 생각한다. 겨우 며칠 깔끔 떨어 놓고선, "봐봐, 달콩이 피부는 그대로야. 청소해도 별 소용없잖아"라고 쉽게 결론 내리고 포기하던 예전으로는 못 돌아간다. 정확도가 떨어지는 검사라고는 해도, 어쨌든 데이터가 내 눈앞에 있으니까.

원래 장판에서 잘 미끄러지는 달콩이를 위해 온 거실에 러그를 깔아 두었었는데, 지금은 다리보단 피부가 중요하겠다 싶어서 먼지 많은 러그들을 과감히 치웠다. 달콩이가 쓰던 강아지 방석이나 노즈워크 매트도 모두 버리고 그 자리에 사람이 쓰는 알러지케어 이불을 사서 놔주었다. 집먼지진드기 퇴치에 좋다는 피톤치드를 여기저기 뿌리고, 달콩이가 쓰는 장난감들을 빨고, 식기도 열심히 닦았다. 관리를 제대로 안 하면 무려 사료에서도 진드기가 생길 수 있다길래 매일 쓰던 자동 급식기도 코드를 뽑아버렸다.

이제 나는 스팀이 나오는 물걸레로 이틀에 한 번씩 집안의 바닥을 뜨겁게 지진다. 벌레들아, 먼지들아, 다 없어져라! 주문을 외우듯 힘을 주어 박박 닦는다. '사람이 어떻게 바깥일도 하고 집안일도 다 해? 말도 안 돼'라고 말하던 내가 이제는 출퇴근도 하고 밥도 하고 달콩이 산책도 시키고 청소도 한다. 다시 게을러지려 할 때마다 끔찍한 진드기들의 이름을 떠올린다. 세로무늬먼지진드기, 큰다리먼지진드기, 수중다리가루진드기…. 그리고 달콩이의 얼굴을 본다. 발갛던 눈 주변이 찬찬히 하얗게 가라앉는 그 모습을.

변수를 최대한 줄여서 알레르기 원인을 분석해 보려 해도, 계절은 계속 흘러간다. 그러니 달콩이의 피부가 나아지는 게 날씨의 변화 때문인지, 식이 조절 때문인지, 정말 청소 덕을 보는 것인지 사실은 알 수 없다. 그래도 믿고 그저 움직이는 수밖에 없다. 달콩이가 우리의 노력으로 조금이라도 나아지고 있다고.

달콩이를 위해서 하는 일들은 고되지만 지금까지 느껴봤던 그 어떤 뿌듯함도 초월하는, 아주 특별한 종류의 보람을 느끼게 한다. 그동안 집 밖에서 책임감을 발휘하고 뿌듯함을 느낀 적은 많았다. 심지어 내 이력서 속엔 '결코 흔하지 않은 책임감'이라는 소제목으로 나의 책임감 발휘 이력(?)을 화려하게 나열해 둔 자기소개서가 있다. 어디 가서 "제가 책임감 하나는 끝내줍니다"라고 말할 자신이 있는 사람이라는 거다. 하지만 막상 집에서는 어땠나. 책상 정리해야 하는데. 청소기 돌려야 되는데. 욕실 청소 해야 되는데…. 집에 있는 한 계속해서 눈에 띄는 먼지와 머리카락과 곰팡이에 스트레스를 받아도 결국 내 몸은 '다음에'를 택했다. 그 덕에 몸은 조금 더 쉬었을지언정 늘 찝찝한 감정이 나를 따라다니며 괴롭혔다.

하지만 달콩이에게는 말로 설명하거나 핑계 댈 수 없다. 나 너무 바쁘고 힘드니까 청소는 다음에 할게, 그러니까 그때까지 제발 긁지 말아 줘. 나 피곤하니까 산책은 다음에 가자, 그때까지 쉬야 좀 참아줄래? 그럴 수가 없다. 무엇보다 달콩이는 내가 선택한 사랑이다. 선택한 사랑에는 남다른 책임감이 뒤따른다. 내가 누구를 돌보는 입장이라는 게 여전히 서툴고 어색하지만, 앞장서서 달콩이를 돌보고, 더 나아가 엄마의 마음을 이해하는 내 모습을 보고 있자면 이렇게 나도 성장하는구나 싶다.

반려동물에게는 보호자의 손이 필요하다. 간결하고도 분명한 사실이다. 특히 내가 선택한 달콩이는 여러모로 세심하게 돌봐야 하는 강아지이다. 그마저도 예민한 우리 부부를 닮은 거라 생각하면 더욱 할 말이 없다. 달콩이를 돌보면서부터, 빈틈을 찾을 수 없던 나의 마음 주머니가 알아서 빈틈을 찾아가기 시작했다. 마냥 없어 보이던 시간과 여유가 자리를 내주었다. 나도 누군가를 살뜰히 챙길 줄 아는 사람이었구나. 나도 몰랐던 나의 모습을 달콩이 덕에 알아가고 있다.

내가 달콩이를 보살필 때의 그 마음을 달콩이 역시 느끼는 것 같다. 달콩이의 눈빛이, 행동이 나에게 이야기한다. 돌본다는 건 마치 한 방향으로만 건네는 관계처럼 보이지만, 사실은 그 반대 방향으로 더 큰 마음이 돌아온다. 그 넉넉하고 사랑스러운 마음을 양분 삼아 나는 조금씩 어른이 된다.

에어컨의 딜레마

나는 기후나 환경 오염에 관심이 많다. …라고 첫 문장을 써 두고는 '많다'라는 표현을 썼다 지웠다 했다. '적지 않다', '있는 편이다' 정도로 하는 게 맞을까. '많다'의 기준은 모호한데, 과연 누릴 걸 다 누리고 사는 내가 감히 관심이 많다고 말할 자격이 있는 걸까. 요즘 나는 인터넷으로 장을 보고 집 앞에서 물건을 받는다. 아이스팩과 함께 비닐에 포장된 물건들을 볼 때마다 죄책감에 괴로워하지만 편리함의 중독에 빠져 다음번에도 나는 인터넷으로 장을 보고야 만다.

이처럼 환경 문제에 관심이 많다고 떳떳하게 말할 수준은 안 되지만, 그래도 행동 하나하나에 마음을 많이 쓰는 건 사실이다. 투명한 비닐봉지 한 장 뜯을 때마다 꼭 필요한 것인가, 대체할 만한 것이 없는가 여러 번 고민하다가, 웬만해서는 쓰지 않는 쪽으로 결론 내린다. 물티슈나 화장 솜 역시 가급적 사지도 않고 쓰지도 않는다. 처음 썼던 소설 역시 기후위기와 관련된 단편 소설이었다.

당연히 에어컨을 켜는 데에도 박하다. 에어컨을 켜려고 리모콘을 손에 쥘 때마다 〈무한도전〉의 '나비효과' 편이 떠올라서 주춤하게 된다. 해당 에피소드에서 멤버들은 몰디브처럼 꾸민 1층 세트장과, 바로 그 위에 북극처럼 꾸민 2층 세트장으로 각각 나누어 들어간다. 1층 몰디브에서 에어컨을 틀면 2층으로 이어진 실외기가 뜨겁게 돌아가며 북극의 얼음을 녹인다. 얼음이 녹아서 생긴 물은 1층의 몰디브로 쏟아진다. 그로 인해 몰디브의 해수면은 점점 높아진다. 멤버들의 사소한 행동 하나하나가 북극의 얼음을 즉각적으로 녹이는 모습을 연출하며, 지구 온난화의 심각성을 알린 에피소드였다. 마찬가지로 내가 시원하고 쾌적한 실내 공기를 즐기는 동안 바깥에서 뜨겁게 돌아가는 실외기가 지구의 온도를 곧바로 0.1℃

올릴 것만 같다. 직장에 다닐 때야 내가 원하든 원하지 않든 에어컨은 늘 틀어져 있지만 집에서 지낼 때는 최대한 안 틀고 버틴다. 안 그래도 몸이 허약한 편인데 온몸의 수분을 매일 땀으로 다 배출하는 바람에 더위 먹고 고생한 적도 많다.

그런데 에어컨을 안 틀고 버티는 나의 고집이 달콩이를 힘들게 하는 것 같아 마음이 무겁다. 이 무더위 속에 달콩이는 두꺼운 털옷을 온몸에 두르고 있는데, 또 그 와중에 산책까지 꼬박꼬박 나가야 한다. 그 짧은 다리로 뜨거운 아스팔트 길을 걸으면 발바닥뿐 아니라 온몸에 열기가 고스란히 올라온다. 그런데도 강아지에게는 땀구멍이 없어서 땀조차 흘리지 못한 채 혀를 내밀고 헥헥거릴 뿐이다. 인간이야 땀 흘려도 물로 샤워하고 나면 금방 시원해지지만, 달콩이는 샤워하고 나면 오히려 뜨거운 바람으로 한 시간 넘게 털을 말려야 한다. 털을 밀어 볼까 고민도 자주 했다. 하지만 털을 밀면 피부가 직접적으로 자외선에 노출되면서 오히려 더 더워진다는 전문가의 말을 듣고 포기했다. 내가 견딜 만하다고 느끼는 더위도 달콩이에게는 분명 견디기 어려운 더위일 것이다. 게다가 날씨가 습해지면서 달콩이가 몸을 긁는 날도 늘어났다. 그런 달콩이를 보며, 결국 나는 어쩔 수 없이 에어컨을 틀고 만다.

그간 달콩이를 키우며 환경에 해를 입힌 일은 거의 없을 거라 생각한다. 실내 배변할 때의 달콩이는 큰 사이즈의 배변 패드를 하루에 몇 장씩 썼다. 그걸 버릴 때마다 죄책감에 힘들었는데, 이제 자연에만 배변하는 아이가 되었으니 문제없다. 매일 쓰는 배변 봉투도 물에 완전히 녹는 재질의 봉투를 쓴다. 처음에는 생분해성 봉투를 썼는데, 막상 생분해성 봉투도 특정 조건에서만 분해가 된다기에 아예 변기에 버릴 수 있는 수준의 봉투로 바꾸었다. 평소 나는 달콩이의 물건도 꼭 필요한 것만 최소한으로 사는 편이다. 그러니 무더운 여름 동안 달콩이를 위해 에어컨 정도는 자주 틀어주는 게 맞지 않을까 생각한다. 솔직히 말해 나 혼자 에어컨 켜는 걸 아낀다고 뭐가 달라질까? 이미 세상은 에어컨을 포함한 많은 자원들을 쉽게 낭비하고 있는데. 에라 모르겠다. 어차피 이렇게 된 거, 내 소중한 강아지 삶의 질을 높이는 게 가장 중요해. 그렇게 생각하고 외면하고 싶다.

하지만, 하지만…. 그럼 다른 동물들은? 달콩이 삶의 질을 높이기 위해 하는 행동이 다른 야생 동물들을 몇 배로 더 힘들게 만드는 길일 수 있다. 같은 동물인데 밖에서 사는 그 동물은 무슨 죄인가 생각하면 또 에라 모르겠다 하는 마음이 안 된다. 환경을 생각하면서 사는 건 항상 이런 딜레마 속에서 싸우는 일이다. 오늘도 나는 틀자, 참자, 두 가지 선택권 사이를 저울질하다가, 내가 어떤 선택을 하든 찾아오고야 말 슬픈 미래를 상상하고는 눈을 꾹 감아버린다.

우리 사이엔 얼마나 많은 오해가

평소 홍군과 나는 말 못 하는 달콩이를 대신하여 달콩이 목소리를 더빙하는 장난을 자주 친다. 예를 들어, 내가 달콩이에게 "넌 왜 이렇게 귀여워?"라고 물으면 홍군이 달콩이 대신 하이톤의 목소리로 대답한다. "내가 어떻게 알아!"

달콩이와는 언어의 형태로 소통할 수 없다. 가끔은 달콩이가 어떤 생각을 하고 있는지 견딜 수 없이 궁금하다. 우리는 달콩이의 생각과 마음을 그저 추측만 할 뿐이다. 달콩이의 눈동자와 행동을 보고 무엇을 원하는지 읽어본다. 우리 나름대로 해석하고 행동에 옮긴다. 적중률이 몇 퍼센트나 될는지는 아마 평생 모를 거다.

달콩이 행동의 의미를 완전히 착각했던 적이 있다.

우리 부부는 달콩이에게 '포빠강'이라는 별명을 붙였다. 이는 '포기가 빠른 강아지'의 준말이다. 달콩이는 물을 싫어한다. 그래서 내가 씻길 준비를 시작하면 꼬리를 내린 채 구석으로 도망가지만, 막상 욕실에서 털이 물에 젖는 순간부터는 체념한 채 얌전히 목욕에 임한다. 평소 하고 싶은 게 생기면 조금 보채거나 고집을 부리다가도, 안 될 것 같은 눈치면 금세 포기하곤 한다. 그래서 달콩이가 무언가를 빠르게 포기할 때마다 우린 "역시 달콩이는 포빠강이네"라고 말하게 되는 것이다.

저녁 내내 잘 자다가 오히려 늦은 밤에 말똥말똥해진 달콩이가 놀이 시동을 걸 때가 종종 있다. 이미 잘 준비도 다 하고 누웠는데, 장난감을 물고 와서 소심하고 불쌍한 목소리로 끼잉끼잉거린다. 뭘 모르던 초보 엄마 때는 달콩이의 구슬픈 목소리를 듣고 어쩔 줄 몰라 했다. 우리가 오늘 달콩이를 충분히 못 놀아줬구나, 하는 미안함에 다시 일어나서 놀아주기도 했다. 하지만 이제는 달콩이가 장난감을 물고 와도 가차 없이 불을 꺼버린다.

"안 돼, 잘 시간이야."

달콩이는 치사빵꾸라고 말하듯 꾸에에엥 푸에엥 흐잉, 같은 소리를 내다가 금세 포기하고 만다. 우리는 "으이구, 착해라. 내일 놀자" 말해 주고 편히 잠든다.

어느 날 달콩이는 또 밤늦게 장난감을 문 채 낑낑쇼를 시작했고, 나는 "안 돼. 잘 시간이야"라고 말하고 불을 껐다. 그런데 그대로 거실로 나간 달콩이가 원래의 레퍼토리와 다르게 낑낑쇼를 끝내지 않는 것이었다. 왠지 평소보다 더 서러운 목소리였다. 난 당황스러움을 애써 감춘 채 "달콩아. 자야지. 이리 와"라고 차분히 말했지만, 사실 속으로는 달콩이가 안쓰러웠다. 그날은 평소와 다른 점이 있었다. 바로 홍군이 집에 없었다는 것. 홍군의 학원이 늦게 끝나며 집에 오는 시간이 자정을 넘기자, 그날은 결국 먼저 자기로 했던 것이었다. 며칠째 늦어지는 귀가에 달콩이는 매일 오매불망 현관문 근처를 서성이며 아빠를 기다렸더랬다.

'아빠가 바빠서 못 놀아주니까 달콩이가 많이 속상했구나….' 거실에서 들려오는 낑낑 소리에 마음이 아파왔다. 그렇게 좋아하는 아빠가 없어서 달콩이가 힘들구나. 학원이 얼른 끝나야 달콩이가 좋아할 텐데…. 둘이 키우다 보니 이게 참, 한 사람만 없어도 빈자리가 너무 크네. 별생각을 다 하며 심란해하고 슬퍼하다가, 놀이를 겨우 포기하고 안방에 온 달콩이를 달래주고 나서야 스르륵 잠들었다. 얕게 잠이 든 지 얼마 되지 않아 달콩이가 아빠를 반기는 소리가 들려왔다.

그다음 날은 달콩이가 유치원에 가는 날이었다. 밤에 무슨 일이 있었냐는 듯 달콩이는 유치원에도 잘 갔고, 온종일 신나게 잘 뛰어놀았다. 그리고 저녁때가 되자 유치원 선생님께서 달콩이를 집 앞으로 데리고 와주셨다. 1층으로 내려가 달콩이를 데리고 집에 들어왔는데, 현관문을 열기 무섭게 달콩이가 무언가를 찾는 것처럼 집 구석구석을 쑤시고 다녔다. 그러더니 소파 근처에서 적극적으로 코를 씰룩거렸다.

"달콩아, 뭐 찾아?"

물었더니 달콩이가 소파 위에 올라가서 아래쪽으로 코를 쭈욱 들이밀었다. '소파 밑에 뭐가 떨어졌나?' 하고 바닥에 엎드려서 들여다보니, 아니 글쎄, 달콩이가 가장 좋아하는 공 장난감이 들어가 있었다.

어제 달콩이의 낑낑쇼는 아빠 때문이 아니었다. 아끼는 공이 소파 밑에 깊숙이 들어가서 달콩이가 꺼낼 수 없을 지경이 되자, 공을 꺼내 달라고 오래도록 낑낑거렸던 것이었다. 겨우 공 꺼내 달라는 뜻이었는데 나 혼자 의미 부여를 하고 심각해졌었다는 사실에 머쓱해졌다. 착각은 자유라고들 하지만, 살아가면서 얼마나 자주 달콩이의 행동을 잘못 해석할지를 생각하니 조금 아찔해지기도 했다.

평소 나는 소통의 어려움에 대해 자주 생각한다. 상대방이 나의 말을 어떻게 받아들일지 걱정하느라 내 생각을 전달하기까지 수없이 머뭇거리곤 한다. 무심코 던진 말이 상처가 되진 않을까. 혹시 내 질문을 무례하다고 느끼진 않을까…. 고민하다가 아예 침묵을 택할 때도 많다. 하지만 막상 상대방과 터놓고 이야기하다 보면, 내가 우려하던 것 대부분이 쓸데없는 걱정이었다는 걸 알게 될 때가 많다. 소파 밑에 숨어 있던 달콩이의 공처럼.

달콩이가 저 멀리 앉아있는 홍군에게 총총 달려간다. 홍군의 양반다리 속으로 쏘옥 들어가 나를 쳐다본다. 나는 볼멘

소리로 달콩이에게 말한다.

"달콩이는 아빠 품만 좋지?"

홍군이 더빙한다.

"이래야 엄마 얼굴을 잘 볼 수 있거든!"

갑자기 코끝이 찌잉 아려온다. 이런 오해라면 달콩이도 이해해 주겠지 싶다. 달콩이 앞에서라면, 조금은 자주 착각해도 괜찮을 것 같다고 생각한다.

사랑스러운 저 둘을 안아주러 달려간다. 달콩이가 진짜로 어떤 생각을 하고 있을지는 모를 일이다.

| 대답 없는 외침이 주는 것 |

개에게 쓸데없이 말을 많이 하는 것은 훈련학적으로 안 좋다고 한다. 입장 바꿔 생각해 보면 바로 고개를 끄덕이게 된다. 개는 보통 불안할 때나 상대를 경계할 때, 불만이 있을 때 소리를 낸다. 왈왈, 아르르, 낑낑, 하고. 그러니 사람이 자기 앞에서 알아듣지도 못할 언어를 자꾸 쏼라쏼라한다면 개의 입장에서는 이 양반이 어디가 불안한가, 싶을 것이다.

나는 달콩이를 입양한 지 얼마 안 되었을 때 어떤 책을 읽다가 그 사실을 알게 되었다. 책에서는 반려동물에게 제발 말

좀 많이 하지 말라고 독자들에게 호소(?)하고 있었다. 하지만 참을 수가 없다. 아차차 하고 정신을 차려보면, 이미 나도 모르는 사이에 달콩이에게 많은 말들을 쏟아내고 있다.

사실 나는 말이 없는 편이다. 직장에 출근해서도 꼭 필요한 말이 아니면 좀처럼 입을 열지 않는다. 수다를 좋아하는 사람들은 업무에 스트레스를 받거나 따분할 때마다 이야기 보따리를 풀려고 하지만, 나는 온종일 입을 꾹 다물고 있어도 입이 근지럽지 않다. 점심밥도 거의 자리에서 혼자 먹는다. 가끔은 '나 사회생활 정말 못한다'는 생각도 들지만, 아무렴 어떤가. 말은 많이 안 해도 사람들과 좋은 관계를 유지하고 있다. 오히려 말을 많이 안 해서 가능한 것일지도 모른다.

이런 나에게도 외향적인 시절이 있었다. 아니, 오히려 외향적인 모습으로 살아온 세월이 훨씬 길다. 목소리가 큰 편이라 무슨 말을 하면 티가 팍팍 났고, 어딜 가나 떠들썩한 축에 속했다. 하지만 학교를 졸업한 뒤로 눈에 띄게 조용해졌다. 이유는 여러 가지였다. 내가 불필요한 대화 속에서 스트레스를 받는다는 것, 대화하는 동안 체력과 정신력을 많이 소모한다는 것, 가식적인 대답이나 형식적인 대화를 더 이상 못 견딘다는 것. 무엇보다 나는 소심한 사람이었다. 입을 열었다가 내가 괜한 말을 한 건 아닌지 후회하는 일도, 매번 상대방의 반응을 살피는 일도 피곤해졌다. 말을 많이 하면 할수록 생각해야 할 일도 많아졌다.

그런데 여기, 내가 어떤 말실수를 하든 입에서 방귀를 내뿜든 간에 개의치 않는 친구가 생겼다. 바로 달콩이다. 그래서일까. 난 달콩이 앞에서만큼은 수다쟁이가 된다. 말을 많이 할수록 오히려 복잡한 마음이 풀려버리고 잡다한 생각은 사라지는. 보통과는 반대의 방향으로 흘러가는 달콩이와의 세상.

퇴근하고 집으로 간다. 쉬고 있던 달콩이가 나에게로 잽싸게 달려온다. 어디 갔다가 이제 오냐고 낑낑거리고 얼굴을 핥는다. 두 팔 벌리고 앉는 나를 뒤로 발라당 넘어뜨린다. 격한 환영식이 끝나고 나면 달콩이는 이내 얌전해진다. 그때부터 대답 없는 나의 질문은 시작된다. 끝은 꼭 "쪄?"로 끝난다.

"달콩이 엄마아빠 없는 동안 잘 쉬었쪄? 어어~ 달콩이 심심해쪄? 오랫동안 혼자 있어서 화가 났쪄? 엄마는 우리 달콩이 보고 싶어서 혼났쪄." (듣기 거북하므로 앞으로는 '쪄'를 '어'로 순화하겠다.) 달콩이는 말이 없다. 꼬리를 흔들며 나를 바라보거나, 장난감을 물고 올 뿐이다. 속으로는 '또 시작이네.' 생각하고 있을지도 모른다. 말할 때 남의 눈치를 열심히 살피는 나도 달콩이에게 말할 땐 눈치 없는 사람이 된다.

간혹 사람 말을 잘 알아듣는 개들이 있다. 더 나아가, 자신의 의사를 적극적으로 표현할 줄 아는 개들도 있다. 하지만 달콩이는 그런 타입이 아니다. 의사 표현이라곤 가끔 놀아달라고 소심하게 낑낑거리는 게 전부다. 우리가 안 놀아줘도 대놓고 보채기보단 뒤돌아 누워서 은근히 삐진 티를 내는 식이다. 또 '맘마'라는 말은 알아듣지만 '밥'이나 '냠냠'이라는 말은 여전히 잘 못 알아듣는다. 딱 훈련받은 단어만 알아듣는 셈이다. 그래서 비슷한 말을 자주 던져도 달콩이는 별 반응이 없다.

달콩아. 산책갈까? 얼른 쉬야하러 나가자. 온종일 참느라 힘들었지? 아이구. 배가 아주 그냥 빵빵하네. 이리 와. 밖에 추우니까 옷도 입을까? 싫어? 에이, 그래도 입자. 아이고 우리 달콩이 착하다. 현관까지 알아서 왔어? 우리 똥강아지 왜 이렇게 예뻐, 응?

대답도 없는 달콩이에게 무수한 문장들을 쏟아낸다. 이 많은 말들 중에 달콩이가 알아들을 수 있는 말은 '산책'과 '이리와' 정도일 것이다. 산책을 나가서는 더 가관이다.

달콩아. 우리 어느 쪽으로 갈까? 아~ 오늘은 이쪽으로 가고 싶어? 그래. 달콩이 하고 싶은 대로 하자. 달콩이 산책 나오니까 좋아? 좋지? 엄마도 좋아. 달콩이 쉬야했어? 아이 예뻐라(궁둥이를 통통 때려준다). 아니, 냄새 맡겠다고 꼭 그 높은 데까지 올라가야 돼? 이 엉뚱한 강아지야. 어어, 내려올 때 조심! 달콩아. 나온 김에 끙아도 하는 게 어떨까? 똥콩이가 똥을 안 싸면 그게 어떻게 똥콩이겠어. 그치? 달콩아. 천천히 가자. 기다려. 같이 가!

아무리 달콩이를 향해 하는 말이라지만, 달콩이는 내 종아리 높이밖에 안 오는 데다가 아무런 반응조차 없으니, 허공에 대고 혼잣말을 하는 것과 별반 다를 게 없다. 지나가는 사람이 보면 이상한 사람이라고 생각할지도 모르겠다. 그래서 아무 생각 없이 말을 쏟아내다가 나 혼자 멋쩍게 웃기도 한다.

이쯤 되니 나를 말 없는 사람이라고 소개한 게 꼭 거짓말 같다. 달콩이 앞에서 나는 한없이 시끄러워진다. 할 말이 없을 땐 달콩이 이름이라도 반복적으로 부른다. 내가 부르는 달콩이의 이름은 여러 개다. 달콩이. 콩콩이. 똥콩이. 달똥이. 딸콩이. 당콩이. 땅콩이. 똥강아지 등등…. 이 역시 훈련학적으로 안 좋다던데. 이름만 '달콩!'하고 명확하게 부르는 게 좋다던데. 평소 반려견에게 안 좋다는 건 안 하려고 노력하지만, 이것이 내가 달콩이에게 애정을 쏟는 방식이니 굳이 참지 않는다.

달콩이에게 하는 말은 대개 쓸데없는 말들이다. 하지만 쓸데없는 말을 상냥한 말투로 건네다 보면 어느새 나의 마음도 몽글몽글 다정다감해진다. 가는 말이 고우면, 오는 말이 없어도 기분이 좋다. 그래서 나는 언제나 대답 없는 달콩이를 쓰다듬으며 혼잣말을 한다.

혼잣말 아닌 혼잣말이 끝나면 나는 겸연쩍게 웃는다. 그러나 공백도 잠시. 달콩이의 작은 몸짓 하나에도 나는 신이 나서 다시 조잘조잘 다음 이야기를 이어 나간다. 달콩이는 자신이 보호자에게 어떤 도움을 주는지 모른다. 그저 귀여운 얼굴로 말간 눈을 한 채 제 갈 길을 갈 뿐이다.

| 새로운 사계절 |

달콩이와 산책은 뗄 수 없는 관계다. 인간이 하루에 한 번 이상 화장실에 가야 하듯, 달콩이도 하루에 한 번 이상 밖에 나가서 배변을 해결해야 한다. 아무리 달콩이가 귀엽고 사랑스러운 존재라 해도 매일 산책을 나가는 건 여간 힘든 일이 아니다. 집 바깥에는 너무 많은 변수가 도사리고 있다. 궂은 날씨, 지나가는 길고양이, 뛰어다니는 꼬마들, 바닥에 붙은 껌이나 터진 버찌 열매 등등. 정말로 나가기 싫어서 버티고 버티다가 좀비처럼 현관문을 나설 때도 많다.

그래도 달콩이와 산책을 하다 보면 평소 무심하게 지나치던 사계절을 고스란히 느낄 수 있어서 좋다. 달콩이를 산책시키기 가장 좋은 계절은 가을이다. 더웠던 날씨가 조금씩 선선해지면서 달콩이의 털은 한껏 풍성해진다. 솜사탕처럼 부푼 채 신나게 걷는 달콩이를 보면 마치 털이 춤을 추는 것 같다. 자그마한 발바닥이 낙엽을 바삭바삭 밟는 소리가 경쾌하다. 나의 큰 발로 낙엽을 따라 밟는다. 둘이서 요란하게 바스락 악기를 연주하며 걸어간다. 가을 웜톤 달콩이가 낙엽 위에 서 있는 풍경은 조화롭다. 색채에 어떠한 이질감도 느껴지지 않는다.

달콩이는 낙엽 속에 숨어있는 냄새도 궁금한가 보다. 가끔 낙엽 더미에 코를 깊이 묻고 한참 킁킁거린다. 탐색이 끝난 뒤 고개를 들고 다시 가던 길을 가는 달콩이의 턱에는 낙엽이 주렁주렁 매달려있다. 그 모습을 볼 때마다 나는 크게 웃음을 터트린다. 달콩이는 내가 왜 웃는지 전혀 모르는 눈치다. 그 표정이 더 웃겨서 나는 더 크게 웃으며 쭈그려 앉는다. 내 몸을 달콩이의 눈높이에 맞추고, 턱에 붙은 낙엽을 떼어준 뒤 머리를 쓰다듬어준다. 자, 다시 가자! 엉덩이를 톡 밀어주면 달콩이는 신나게 앞으로 나아간다.

달콩이는 추위에 강한 강아지다. 그래서 겨울 산책도 문제 없다. 겨울의 센 바람을 정통으로 맞을 때, 달콩이는 여신 포스를 뿜어낸다. 90년대 아이돌 뮤직비디오에서 바람을 이용하여 머리칼을 날리는 것과 비슷한 느낌이다. 평소에는 제멋대로 삐죽삐죽 삐져나와 있던 털들이 바람의 결을 따라 뒤쪽으로 정렬한다. 달콩이 얼굴의 윤곽이 선명해진다. 나도 모르게 또 달콩이를 향해 쭈그려 앉는다. 예뻐라, 머리를 쓰다듬게 된다. 겨울에는 달콩이의 코가 유난히 차가워진다. 달콩이의 촉촉하고 차가운 코를 나의 이마에 갖다 댄다. 온몸이 털로 뒤덮인 달콩이와 피부 대 피부로 마주할 수 있는 기회는 별로 없다. 그래서인지 그 순간에는 천사소녀 네티와 수녀 친구가 머리를 맞대고 기도할 때처럼 경건한 마음마저 든다. 겨울은 흔치 않은 달콩이의 콧물 방울을 볼 수 있는 계절이기도 하다. 콧물 흘리는 강아지는 귀엽다. 달콩이가 흘린 콧물을 쓰윽 닦아주고 나면 기분이 좋다. 이렇게 또 달콩이의 콧물마저 소중히 여기는 바보 보호자가 된다.

달콩이는 눈 밟는 걸 좋아한다. 일부러 눈이 녹은 쪽으로 걸으려 해도, 달콩이는 굳이 눈 위로 올라가서 걷는다. 가끔 발이 시린지 걸음을 멈추기도 한다. 그럴 땐 손으로 달콩이의 발을 감싸서 녹여주면 금세 다시 쫑쫑쫑 걷는다. 겨울 산책을 할 때 가장 불편한 것은 미끄럼 방지를 위해 바닥에 뿌려둔 염화칼슘이다. 개가 염화칼슘을 밟으면 발바닥을 다치거나 화상을 입을 수도 있기 때문이다. 그래서 바닥에 염화칼슘이 보이면 달콩이를 안아서 그곳을 지나간다. 눈이 한참 많이 오는 시기엔 염화칼슘이 지뢰처럼 널려있어서 달콩이를 안아야 하는 상황이 자주 찾아온다. 내가 안고 다니기에는 달콩이의 덩치가 조금 커서, 지나가는 사람들이 신기한 눈으로 흘긋 쳐다본다. 가끔 "그렇게 큰 애를 왜 안고 다녀요?"라면서 웃으시는 어르신도 있다. 시선이 집중되는 게 민망하긴 하지만, 내 강아지의 발바닥이 더 중요하니 나는 무거운 달콩이를 번쩍번쩍 안는다. 너무 추워서 몸이 덜덜 떨리고 귀가 시린 겨울날에는 인적이 드문 길에서 달콩이와 냅다 달려버린다. 우다다 뛰고 나면 몸에 열이 나서 그 뒤로는 산책이 좀 더 수월해진다. 겨울 산책은 대체로 귀찮고 개운하고 까다롭고 상쾌하다.

겨울과 상반되는 여름 산책은 뜻밖의 이유로 힘들다. 더워서 힘든 건 둘째 치고, 강하게 내리쬐는 햇빛 탓에 아스팔트가 가열되어 달콩이의 발바닥을 괴롭힌다. 실외 배변견 달콩이의 발바닥은 겨울이고 여름이고 성할 날이 없다. 장마철에는 장마철대로 어렵다. 비가 쏟아지는 날에도 달콩이는 쉬야를 하러 밖에 나가야 한다. 달콩이에게 우비를 입히면 달콩이는 얼어버린다. 우비 특성상 다리 부분을 조여주는 고무줄도 있고, 모자도 달려 있다 보니 어색하고 불편한 탓이다. 우비 입고 산책하는 걸 여러 차례 실패한 뒤로 남편은 달콩이의 우비를 손수 수선해 주었다. 모자를 떼고(머리가 젖는 건 포기했다), 앞다리 쪽의 긴소매를 돌돌 말아서 고정 시킨 뒤 민소매처럼 만들었다. 그렇게 수선한 우비를 입히니 그나마 걷긴 걷지만, 그래도 달콩이는 여전히 고장 난 로봇처럼 뚱땅뚱땅 걷는다.

이런 우여곡절 끝에 빗속을 뚫고 밖으로 나간다. 진짜 문제는 그다음부터다. 보통 달콩이는 다른 멍멍이들이 영역 표시를 해둔 곳을 찾아가서 냄새를 맡은 뒤, 그 위에 자기도 영역 표시를 한다. 그런데 비가 오면 그 냄새가 모두 씻겨 내려가기 때문에 달콩이는 한참을 걸어도 쉬야할 기미를 보이지 않는다. 남편과 나와 달콩이는 비에 젖은 생쥐 가족이 된다. 궂은 날씨에도 굳이 나와서 산책하고 있는 반려견과 보호자를 본다면, 99퍼센트 실외 배변견이라고 보면 된다. 비 온다고 화장실을 안 갈 수는 없는 노릇이니 말이다. 얼마 전에는 우비를 입은 보호자와 진도믹스 멍멍이가 강력한 태풍 속에서 산책하는 모습을 보았다. 휘오오오 부는 바람을 뚫고 앞으로 나아가는 그들을 보며 왠지 모를 전우애를 느꼈다. 야, 너두 실외 배변? 야, 나두.

비가 그쳐도 바닥이 마르기까지는 며칠의 시간이 필요하다. 젖어있는 바닥을 산책하는 것 또한 쉽지 않다. 달콩이는 다리가 무척 짧아서, 젖은 바닥 위를 걷고 나면 다리와 배에 온갖 풀때기와 나뭇가지와 흙이 붙는다. 털 사이사이에 껴서 잘 떨어지지도 않는 이물질들을 손으로 떼고, 빗으로 빗고, 물로 씻겨주면서 나는 바닥이 뽀송뽀송하게 마를 날만 기다린다. 그러다 또 뜨거운 태양이 바닥을 달구면, '아, 비 올 때가 시원하긴 했지' 하고 간사한 생각을 하게 되는 것이다. 여름에는 달콩이가 소나무에서 흘러나온 송진이나 바닥에 터져있는 열매를 밟을 때도 종종 있다. 끈적한 그것들은 달콩이의 약하고 소중한 발 젤리에 착 붙어서 웬만한 방법으로는 잘 떨어지지 않는다. 안 그래도 더운 날 산책을 하면 탈진 상태로 집에 오는데, 발바닥을 닦고 털을 잘라내고 별짓을 다 해도 발바닥이 끈적할 땐 정말 울화통이 터진다.

그래도 장마철을 제외한 여름 중에는 대개 푸르고 눈부신 하늘을 볼 수 있다. 또 우리나라의 사계절 모두 초록색을 볼 수 있지만, 여름의 초록색은 좀 다르다. 가장 싱그럽고 다채롭다. 달콩이와 산책하다 보면 세상에 수많은 종류의 초록색이 존재한다는 사실을 배운다. 햇빛은 쨍하고 나뭇잎은 한껏 무성해지면서, 유독 나무 아래의 풍경이 더 예뻐지는 계절이기도 하다. 더운 바람에 살랑살랑 흔들리는 나뭇잎 사이로 햇빛이 그 모습을 살며시 드러내다가 이내 다시 숨는다. 달콩이의 털도 햇빛을 받는 순간마다 예쁘게 반짝거린다. 덥고 힘든 산책이 아름다워지는 순간이다.

달콩이와의 산책 덕에, 사계절이 모두 지나고 다시 봄이 오는 걸 가장 빨리 알아채기도 한다. 척박하던 겨울 거리에 노란색 산수유꽃이 빼꼼 고개를 내밀면 봄이 오고 있는 것이다. 하지만 요즘은 이상기후 때문인지 아직 한창 겨울인데도 개나리부터 피기 시작한다. 그때부터 '봄이 곧 오나 보네' 하고 생각하지만, 막상 본격적으로 봄이 오기까지는 시간이 조금 걸린다. 봄이 온다는 건 미세먼지가 밀려온다는 뜻이기도 하다. 비염이 있는 남편과 나는 달콩이와 봄 산책을 하며 연신 코를 훌쩍거린다. 우리의 콧물 센서가 바쁘게 돌아갈수록 산책 시간은 짧아진다. 우리뿐만 아니라 달콩이의 기관지를 위해서이지만 달콩이가 그걸 알 리 없다. 평소보다 일찍 집 근처에 오면 달콩이는 똥고집을 부리기 시작한다. 냄새 맡는 척 반대편으로 우리를 끌고 간다거나, 자리에 우뚝 서서 도통 움직이지를 않는다. 그럴 땐 주변을 조금 더 돌고 들어가든지 어르고 달래서 겨우 집으로 들어간다. 가끔은 미세먼지 따위 무시해 버리고 긴 시간 산책하기도 한다. 스트레스는 만병의 근원이니, 미세먼지와 스트레스 중 어떤 게 더 해로울지 가늠해 보면서.

내가 사는 아파트 단지의 큰길에는 벚나무가 쭉 늘어서 있는데, 벚꽃이 흐드러지게 필 때 달콩이와 그 길을 걸으면 황홀하다. 벚꽃 잎이 나풀나풀 바닥에 떨어져서 바람에 휘날리면 달콩이가 그 잎을 쫓아간다. 나는 벚꽃잎을 한 움큼 쥐어서 달콩이 위에 뿌려보기도 하고, 달콩이의 길쭉한 콧잔등 위에 벚꽃잎을 올려놓기도 한다. 그 찬란한 일상에 감탄하며 달콩이에게 감사 인사를 한다. 고마워. 빠르게 흘러가는 이 풍경을 놓치지 않게 해줘서.

달콩이와 산책하는 동안에는 참 다양한 감각을 쓴다. 계절 특유의 냄새를 맡고, 새와 바람의 소리를 듣고, 집 앞 나무의 색깔이 변화하는 걸 본다. 달콩이의 몸과 이어진 줄을 서로 밀고 당기며, 달콩이와 함께 하고 있음을 실감한다. 게으른 우리 부부의 오랜 숙제가 될 달콩이 산책. 무거운 몸을 일으켜 밖으로 나가야 하는 그 일상이 매일 즐거울 수는 없겠지만, 아마 앞으로도 우리는 계속해서 계절의 모습들을 배워갈 것이다. 새로운 봄과 여름, 가을, 겨울을 발견할 것이다. 그리고 그럴 때마다, 그 기쁨을 달콩이와 나누게 될 것이다.

네가 기다리는 집으로

달콩이와 가족이 된 뒤로 2년이 넘도록 달콩이와 24시간 이상 떨어져 본 적이 없었다. 코로나 사태가 한창일 때 달콩이를 입양했기 때문에 달콩이를 두고 어디 갈 일이 거의 없었다. 또 웬만하면 그럴 일을 만들지 않기도 했다. 출근해서 일하는 몇 시간 동안에도 집에 있는 달콩이를 생각하느라 여념이 없는데, 어떻게 며칠씩 떨어져 지낼 수 있을까. 필요에 따라 서로 떨어져 있어 보는 연습도 분명 필요했다. 살다 보면 부득이하게 달콩이를 두고 어딘가에 가야 하는 상황이 생기기 마련일 테니. 하지만 우리 부부는 그 연습을 계속 해서 미뤘다.

그러던 우리가 몇 년 만에 해외여행을 가기로 결심했다. 자그마치 열흘씩이나. 그 시기에 해외여행을 가는 건 여러모로 큰 결심을 필요로 하는 일이었다. 코로나 상황이 많이 나아졌지만 혹시라도 직장에 폐를 끼칠까 봐 머리가 아팠고, 무엇보다 달콩이와 처음으로 오래 떨어져야 한다는 사실 때문에 걱정이 앞섰다. 그럼에도 우리는 결국 비행기 표를 끊었다.

사실 달콩이와 가족이 되기 전 나는 여행 없이는 못 사는 사람이었다. 첫 에세이 『미서부, 같이 가줄래?』에도 이런 문장을 썼었다.

"여행에 눈뜬 뒤로 나의 세상은 여행을 중심으로 돌아갔다 해도 과언이 아니다."

당시 나에게 삶을 살아가는 원동력이 뭐냐고 물으면, 난 고민 없이 여행이라고 답했다. 꿈이 무엇이냐 물으면 단연코 세계여행이라고 말할 정도였다. 그러나 코로나가 터지고 달콩이와 가족이 되면서 모든 것이 변했다. 우리 부부는 집에만 콕 박혀 지냈다. 가끔 견디지 못하고 애견 동반이 가능한 에

어비앤비를 찾아 떠났지만, 숙소에만 머물다가 돌아오는 여행에는 아쉬움이 조금씩 남았다.

그렇게 여행을 거의 포기하고 지낸 지 2년 반. 막혔던 하늘길도 점점 열리고 있었고, 우리는 팍팍한 현실에 지쳐 있었고, 이제 달콩이도 제법 컸으니 드디어 용기를 내보기로 한 것이었다. 달콩이를 견딜 수 없을 만큼 사랑하고 아끼지만, 올바른 방향의 사랑이라면 나다운 모습 또한 지켜내야 한다고 생각했다. 감사하게도 여행하는 동안 부모님께서 기꺼이 달콩이를 맡아주시기로 했다. 실외 배변, 알레르기, 분리불안 등 달콩이가 여러모로 돌보기 쉬운 강아지는 아니었기에 우린 떠나기 직전까지 계속해서 마음을 졸였다. 에이포용지에 온갖 주의 사항을 적어서 부모님께 드린 뒤에야 달콩이를 두고 떠날 수 있었다.

여행 중에는 웬만하면 사진첩 속 달콩이 사진을 보지 않았다. 보고 싶은 마음이 걷잡을 수 없이 커질까 봐. 우리의 걱정이 무색하게도 달콩이는 부모님 댁에서 씩씩하게 잘 지내주었다. 2~3일에 한 번씩 유치원에도 갔고 유치원에 안 가는 날에는 부모님께서 산책도 시켜주셨다. 그 덕에 우리 부부는 여행에 집중할 수 있었다. 정말이지, 오랜만에 여행다운 여행을 했다. 한참 잊고 지내왔던 감각들이 되살아났다. 우린 자유로웠고, 현실의 걱정들로부터 물리적으로도, 감정적으로도 멀어질 수 있었다. 여행지에서의 오늘과 내일만 생각하며 지냈다.

그렇게 꿈같던 열흘을 보내고 귀국을 앞둔 공항. 나는 나 자신이 완전히 변했다는 걸 깨달았다. 여행지를 떠날 때면 나의 얼굴은 늘 죽상이 되곤 했었다. 짧은 여행이 끝났다는 아쉬움, 한국 땅을 밟는 순간 현실로 돌아가야 한다는 두려움, 하나의 목표가 끝나버렸으니 이제는 또 무슨 목표를 가지고 살아가야 하나 허탈한 마음 때문에. 하지만 이번에는 달랐다. 달라도 너무 많이 달라졌다.

"잘 놀았으니 이제 우리 달콩이 보러 집으로 가자!"

나는 웃으며 기꺼이 비행기를 탔다. 여행의 즐거움은 즐거움대로 남긴 채.

여행지를 등지고도 쿨한 내가 낯설었다. 신혼여행 후 귀국하는 비행기에서 스트레스를 심하게 받은 나머지 온몸에 두드러기가 올라왔던 기억이 났다. 그 정도로 나는 집이 주는 안정감보다는 바깥세상을 갈망하던 사람이었다. 여행과 현실을, 잘 분리하지 못하던 사람이었다. 그런데 이젠 아니었다. 두 팔 벌려 안으면 품속에 꽉 차는 복슬복슬한 털, 스노우볼처럼 세상을 담아낸 채 반짝반짝 빛나는 눈동자, 그 위에 길쭉하게 뻗은 속눈썹, 촉촉해서 뽀뽀를 부르는 검은색 코, 발바닥과 배에서 나는 고소한 냄새. 그 모습이 그리워서. 나의 집이, 사랑하는 달콩이가 날 기다리는 그 공간이 너무나도 소중해서, 여행을 그저 여행으로 끝내고 집으로 돌아올 수 있게 되었다.

달콩이와 가족이 되기 전과 후의 삶은 분명히 달라졌다. 특히 우리는 2인 가구라서 포기해야 하는 것들이 더 많다. 달콩이와 함께하는 한, 내가 세계여행을 꿈꾸는 일은 없을 것이다. 충동적으로 훌쩍 떠나거나 마음 편히 여행 가는 날도 없을 것이다. 여행은커녕 밤에 달콩이를 혼자 두고 둘이 밖에 나가서 술 한잔 기울이는 일도 쉽지 않다. 그럼에도 집을 사랑하게 되었음에, 집과 가족이 주는 안정감을 온전히 느끼게 되었음에, 달콩이의 존재가 참 고맙다.

앞으로도 나는 나다운 모습을 지키려 노력할 것이다. 달콩이가 있어 어려운 상황에서도 가끔은 여행을 떠나고 공연을 보러 갈 것이며 남편과 데이트를 할 것이다. 하지만 그 시간이 끝나고 나면, 달콩이가 기다리는 집으로 돌아올 것이다. 아주 기꺼운 마음으로.

남애항의 할머니 밥상

남편과 달콩이와 함께 강원도 양양으로 여행을 떠났다. 네 시간 걸려 도착한 남애항에서 우린 주린 배를 채울 궁리부터 했다. 가방에도 들어가지 않는 큰 달콩이와 함께 하는 여행은 쉽지 않았다. 밥도 포장해서 차에서 먹든, 더운 해변에서 돗자리를 깔고 먹든 해야만 했다.

한 생선구이 백반집 앞에 일단 주차를 했다. '47년… 사랑과 정성 가득 엄마의 손맛!'이라는 문구와, 곱게 한복을 차려입은 할머니의 사진이 인쇄된 큼직한 현수막이 붙어있어 맛

집 냄새가 물씬 풍겼다. 식당 앞에서 쭈뼛거리던 우리는 문을 열고 할머니께 여쭤보았다. 저희가 강아지가 있어서요. 혹시 음식 포장이 될까요? 할머니는 곧 브레끼 타임(브레이크 타임)이라 손님이 한 팀밖에 없다고 하시며, 기다려보라 하시더니 손님들에게 물으셨다. 강아지를 데리고 들어와도 괜찮겠냐고. 기꺼이 오케이를 외치신 두 분 덕에 우리는 달콩이와 함께 식당에 들어갈 수 있게 되었다.

손님께도, 할머니께도 몇 번이고 감사하다고 꾸벅 인사를 드리며 자리에 앉았다. 방바닥에 얌전히 앉아있는 달콩이를 할머니는 유독 예뻐하셨다. 이런 밥상을 포장해서 가면 맛이 없어요. 비니루로 다 싸버리면 그게 무슨 맛이 있겠어? 그리고 강아지도 가족이잖아. 같이 있어야지. 저 손님들이 허락해주신 덕에 아주 잘 됐어. 편하게 있어요.

강아지도 가족이라는 말에 코끝이 한껏 찡해졌다. 이윽고 할머니는 정성스레 준비하신 음식들을 상 위에 차려주셨다. 바삭하게 튀긴 생선 네 마리, 큼직한 두부조림, 나물, 쌈 채소, 밑반찬들…. 생각 이상으로 푸짐한 한 상에 깜짝 놀랐다. 어휴, 이걸 포장했으면 낭비되는 플라스틱이 대체 몇 개야. 게다가 이 맛을 식당 밖에서 어떻게 재연하겠어. 정말 다행이다, 너무 감사하다. 우리는 첫술을 뜨기도 전에 밥상 앞에서 감사 기도라도 드리듯 중얼거렸다.

손맛이라는 표현이 가장 잘 어울리는 밥상이었다. 조글조글한 할머니의 손, 그 손이 오랜 세월 만들어낸 손맛. 배뿐만 아니라 마음까지 빵빵하게 채워주는 그런 맛이었다. 정신없이 젓가락과 숟가락을 놀리는 우리의 밥상에서 한 칸 정도 떨어져 앉으신 할머니는 이야기를 시작하셨다.

아유. 강아지가 어쩜 이렇게 착하고 예쁠까? 우리도 강아지를 키워요. 원래 콩쥐랑 팥쥐 두 마리였는데, 콩쥐는 교통사고가 나는 바람에 죽어버렸어…. 콩쥐랑 팥쥐 전에 또 한 마리를 오래 키웠었거든? 그 친구 죽었을 때는 며칠 동안 식당도 닫고 온 가족이 다 슬퍼했었다니깐. 그럴 때면 정말 다시는 못 키우겠다 싶어. 혹시 식당 앞에 고양이 봤어요? 우리 막내아들이 말이야. 짐승을 너무 좋아해서 길고양이들한테도 매일 먹을 거 챙겨주느라 바빠. 우리 집 강아지 죽었을 때도 막내아들은 매일같이 울고 난리를 치고…. 얼마나 힘들어했는지 몰라요. 사람이 정이 너무 많고 마음이 참 따듯해.

우리 아들이 고등학생 때 전교 회장을 했었거든? 언제부터였나. 나한테 도시락을 세 개씩이나 싸 달라는 거야 글쎄. 뭔

마른 애가 도시락을 그리 많이 싸 달라 하냐고 물었지. 그랬더니 1교시가 끝나면 이상하게 금방 배가 고프고, 2교시가 끝나면 또 거짓말처럼 배가 고프다 하대. 우리 아들 배고프다는데 어쩌겠어. 매일 도시락을 세 개씩 싸줬지. 그런데 아들이 졸업할 때가 되니 학교에서 전화가 왔어. 나한테 무슨 우수 어머니상을 준다고 하더라고. 그게 뭐냐고 선생님께 물었더니 어떻게 매일 도시락을 세 개씩 싸주셨냐고, 대단하시다고 얘기하시는 거야. 알고 보니 아들이 그 도시락을 항상 소년소녀 가장들에게 나누어줬대. 그래 놓고 막상 지는 점심시간마다 친구들한테 반찬 한 젓가락씩 달라고 해서 그걸 모아서 먹은 거야. 어휴, 못 살아. 어쨌든 내가 아들 덕에 그때 어머니상을 다 받아봤어요. 하하하….

달콩이는 잠자코 엎드려서 잠을 잤다. 할머니는 강아지와 막내아들 이야기로 시작하여 한참 동안 자식들 자랑을 하셨다. 그간 어르신들의 자식 자랑은 숱하게 들어왔지만, 할머니의 이야기는 그리 흔히 들을 수 있는 이야기들은 아니었다. 듣기 좋은 자랑이었다. 아드님의 넘치는 정의 근본이 어디인지 알 것 같았다. 나와 남편은 밥상에 코 박고 부지런히 숟가락을 떴다. 그 숟가락 위로 할머니의 이야기가 밑반찬처럼, 천연 조미료처럼 얹어졌다. 할머니의 세월이 더해진 음식에서는 더욱더 깊은 맛이 났다.

| 유기견치고
예쁘네요? |

시간이 제법 흘렀음에도 그날의 짧은 대화가 자꾸 떠오른다.

시계를 보기 위해 휴대폰 화면을 켰다. 옆에 앉아있던 그 여자는 내 휴대폰 배경 화면의 달콩이 사진을 흘긋 보고는 품종이 뭐냐고 물었다. 믹스견이라고 했더니 어떤 품종끼리 섞인 거냐고 다시 한번 묻길래, "유기견이라서 뭐가 섞였는지 알 길이 없어요"라고 답했다.

"어머. 유기견치고 되게 예쁘게 생겼네요? 저도 강아지 살까 말까 고민 많이 했었는데."

유기견이면 못생겨야 마땅하다는 뜻인가. 게다가 강아지를 '산다'니. 분명 악의가 담긴 말은 아니었다. 그녀의 천진한 말투와 표정에서 알 수 있었다. 그걸 알면서도 나는 기분이 조금 언짢아졌고, 당황스러움을 감추기 위해 어색하게 웃으며 "하하하. 그런가요?"라고 답한 뒤에는 한참 후회했다.

잘 모르는 사람들이 유기견에 대해 편견을 가지는 건 흔한 일이다. 그러나 아무런 부가 설명 없이 그 상황을 넘겨버린 나 자신은 용서가 되지 않았다. 유기견도 다양한 강아지 중 한 마리일 뿐인데. 유기견을 한데 묶어서 '어떻다'고 치부해 버리는 시선을 조금이라도 바꾸기 위해 나는 어떤 노력을 해야 할까. 그날의 대화를 곱씹을 때마다 고민하게 되었다.

품종이 뭐냐는 질문부터, 믹스견이라고 답하면 어떤 품종이 믹스된 거냐고 되묻는 질문까지. 달콩이를 키우는 동안 길을 지나가는 사람들부터 지인들까지 나에게 숱하게 물어보던 말이다. 자, 이제 달콩이가 믹스견이고 유기견인 걸 상대방이 알게 됐다. 그다음엔 어떤 이야기를 꺼내려나. 나는 약간 긴장하게 된다. 대화가 불편하게 흘러갈 때가 많기 때문이다.

달콩이의 엄마가 된 이후로 반려견에 대한 우리나라 사람들의 인식이 얼마나 미숙한지, 얼마나 갈 길이 먼지 몸소 느낀다. 많은 이들이 강아지를 '산다'라고 생각하는 것만 보아도 그렇다. 그걸 들으며 불편해하는 내가 오히려 예민한 사람이 된 것 같다. 나 역시 유기견이나 번식장, 펫숍의 실체에 대해 무지했을 때는 별다를 게 없었으므로 그 사람들을 탓할 자격은 없다. 게다가 나도 여전히 부족한 점이 많다. 다만, 아직 모르는 사람들을 위해 한마디라도 더 얹는 것이 달콩이를 키우는 입장에서 내가 해야 할 일이라고 생각한다.

대다수 사람들은 실체를 '몰라서' 강아지를 '산다'. 만일 "유기견치고 예쁘다", "강아지를 살까 말까 고민했다"는 말을 들었던 그때로 다시 돌아갈 수 있다면, 나는 구구절절 그녀에게 설명할 것이다.

"펫숍에 전시되어 있는 아이들이 예쁠 수밖에 없는 이유가 있어요. 펫숍의 강아지들은 대부분 번식장에서 와요. 품종견끼리 교배해서 출산을 시키고, 그렇게 태어난 새끼 강아지들은 경매장에 내놓아지죠. 예쁘면 예쁠수록 더 비싸게 팔려서 펫숍으로 넘어가요. 미모가 덜 하거나 몸이 아픈 아이들은 상품성이 떨어지니 버려지거나 인터넷 같은 곳에서 저렴하게 팔려요. 그래도 낮은 확률을 뚫은 강아지들이 좋은 가족에게 선택받고, 평생 사랑받으며 행복하게 잘 사는 경우도 많죠. 하지만 그 아기 강아지들을 낳는 부모견들을 생각하면 이야기가 달라져요.

번식장에서는 모견과 부견을 철창에 함께 가둬둔 채 발정제나 자궁수축제를 맞히고, 끊임없이 강제 임신을 시켜요. 모견은 평생 교배와 출산을 반복하고, 출산 능력을 잃어버릴 때쯤 버려져요. 버려지지 않더라도 대부분은 이른 나이에 별이 될 수밖에 없어요. 열악한 뜬 장에서 기본적인 관리도 받지 못한 채 사니까요. 뜬 장이 뭐냐면, 말 그대로 '떠 있는 철장'이에요. 강아지의 배설물이 철장의 틈 사이로 떨어질 수 있도록 만든 거죠. 인간의 입장에서는 배설물을 하나하나 치우지 않아도 돼서 편할 테지만, 번식장 강아지들은 평생을 살아가는 곳에서 바닥에 발 하나 편하게 디디지 못해요. 강아지를 사면 안 되는 이유가 바로 여기에 있습니다. 펫숍에서 강아지가 팔리면 팔릴수록 모견은 계속해서 강아지를 낳아야 하니까요.

그러니 강아지를 키우고 싶다면, 우선은 천번 만번 고민해

보아도 부족하고요. 그럼에도 나는 꼭 강아지를 키워야겠다고 판단한다면, 부디 사지 말고 유기견을 입양하세요. 팔리는 강아지만큼 버려지는 강아지도 많아요. 번식장에서 모견이 기계처럼 새끼 강아지들을 낳는 동안, 가족을 기다리다가 결국 입양되지 못하고 안락사당하는 유기견 역시 차고 넘칩니다. 봉사하는 정신으로 유기견을 입양하라는 말이 아닙니다. 유기견이 워낙 많기 때문에 선택권 역시 많아요. '포인핸드'라는 유기견 공고 앱에 들어가 보면 알 수 있을 거예요. 얼마나 다양한 모습의 강아지들이 가족을 기다리고 있는지요."

최근에는 화성시의 한 허가 번식장의 실체가 드러나며 번식장과 펫숍 문제가 수면 위로 떠올랐다. 국내 몰티즈, 시츄 생산 1위 번식장이라고 하니 아마 전국의 펫숍 유리에 전시되어 있는 귀여운 꼬물이들 중 상당수가 그 번식장에서 왔을 것이다. 동물 학대 신고를 받고 들어간 그곳은 원래 400마리를 키울 수 있게 허가받은 번식장이었으나 무려 1,400여 마리가 좁은 철창 속에 빽빽이 살고 있었다고 한다. 온갖 주사기와 약병이 발견되었고, 냉동실에서는 강아지 사체들이 발견되었으며, 심지어 문구용 커터 칼로 모견의 배를 갈라 강제 출산시킨 흔적까지 발견되었다고. 허가받은 번식장이라는 곳에서 이 정도 수준의 학대가 이루어지고 있었으니 이 얼마나 참혹하고 잔인한 일인가. 같은 인간임이 부끄러울 지경이다.

결국 번식장에 있던 강아지들은 여러 동물 보호 단체들이 나누어 구조했다. 구조 후에 단체들이 올리는 게시물을 눈여겨보았는데, 열악한 환경에서 자라온 시간이 워낙 길다 보니 구조 후 치료를 받아도 무지개다리를 건너는 강아지들이 많았다. 그 작고 소중한 아이들이 겪었을 끔찍한 일들을 생각하면 인간을 향한 분노가 치밀고 눈물이 앞을 가린다. 화성 번식장은 그나마 눈에 띄어 사라졌지만 이런 일들은 어딘가에서 암암리에 계속 일어나고 있고, 이런 실체에 대해서는 여전히 모르는 사람이 더 많다. 부디 많은 사람이 알게 되었으면 좋겠다. 나도 몰랐고, 알아가고 있고, 그렇게 아주 느린 속도로나마 세상은 변하고 있으니까.

번외로, 달콩이가 유기견이라고 말하면 '용기가 대단하다'거나 '좋은 일 한다'는 말을 자주 듣는다. 그럴 때마다 나는 부끄러운 마음이 든다. 유기견을 입양한 건 사실이지만 솔직히 나는 난이도가 낮은 선에서 나의 가족을 찾았다. 보호소에서 오래 지낸 아이들이나, 학대를 당한 트라우마가 있는 아이들, 번식장의 모견들, 아픈 아이들에게 적극적으로 손을 내밀지 못했다.

유기견이 낳은 새끼인 달콩이는 태어난 지 얼마 되지 않아 구조되었다. 어디서 태어나서 어떻게 살아왔고 구조되기 전까지 어떤 일이 있었는지 아무것도 모르지만, 그래 봤자 태어난 지 3개월쯤 되었을 때 우리 집으로 들어와 가족이 되었다. 달콩이가 길에서 지낸 몇 개월을 어떻게 기억하고 있을지 모르겠으나 어쨌든 3개월은 짧은 시간이다. 거의 처음부터 시작한 거라고 보아도 무방하다.

달콩이 구조 기록을 뒤져보다가 알게 된 사실이지만, 달콩이의 형제들은 입양에 성공했으나 모견은 입양자가 없어서 결국 안락사되었다고 한다. 주로 나이가 있는 유기견은 인기가 없고, 그 유기견이 낳은 새끼들은 비교적 쉽게 입양을 간다. 이것 역시 흔한 케이스다. 나부터도 새끼 강아지인 달콩이를 택했지만 달콩이의 모견을 생각하면 여전히 마음이 쓰리고 아프다.

그러니 누군가 우리 부부에게 '착한 일 한다'는 식으로 이야기하면 나는 낯이 뜨거워진다. 그럼에도 자꾸만 달콩이가 유기견이라고 강조하는 이유는, 유기견을 입양하는 게 무조건 어렵다고만 생각하는 사람들의 벽을 허물고 싶어서이다. 태어난 지 얼마 안 된 유기견을 입양하더라도 펫숍에서 강아지를 사는 것보다는 나은 일이다. 안락사될지도 모르는 강아지를 한 마리라도 구하는 일이니까. 또, 우리가 소비하지 않아야만 번식장이 사라질 수 있을 테니까 말이다.

결코 가볍지 않은 마음으로

강아지를 입양하고 싶다는 나의 말에 선이 언니마저 반대했을 때, 나는 적잖이 당황했다. 전생에 분명 내 친언니였을 거라며 '전생 자매'라는 애칭을 붙였을 만큼, 언니는 평소 내가 많이 의지하는 사람이었다. 언니는 내가 무슨 일을 하든 항상 응원해 주었다. 내가 어떤 일에 확신이 없을 때도 꼭 긍정적인 방향으로 해석해 주곤 했다. 그런 언니의 입에서 한 치의 고민도 없이 안 된다는 말부터 불쑥 튀어나왔다.

"아니야, 온정아. 안 돼. 다시 생각해 봐. 너도 알잖아…."

놀라움과 섭섭함도 잠시. 이내 떠올랐다. 우리가 10년 전부터 이따금 했던 그 말이.

'맞다. 우리…. 다시는 강아지 키우지 말자고 이야기했었지.'

그 말은 진심이었지만 사실 진심이지 못하기도 했다. 우리가 마음에 이끌려 다시 그 사랑을 시작할까 봐, 두려워서 자꾸만 되뇌던 말이었다.

이십 대 때 언니와 내가 눈물 콧물을 쏟으며 반려견 이야기를 나누었던 날들을 기억한다. 언니는 평생을 강아지와 함께 살았다. 어렸을 때부터 정신 차려보면 집에 강아지가 뿅 생겨있었다고 했다. 길거리에 떠돌던 강아지, 파양된 강아지를 언니의 부모님이 발견하시면 집으로 데리고 오셨다. 그리고 그 강아지는 오래오래 언니와 함께했다. 그런 반려견이 나이 들고 병드는 모습을 보며 언니는 마음이 시렸다. 끝내 무지개다리를 건너면 언니는 매일 매일을 눈물로 지새우다가, 제발 다시는 강아지를 데려오지 말라고 부모님께 소리쳤다. 하지만 안타까운 사연을 가진 강아지가 뒤이어 언니의 집에 들어왔다. 몇 달만, 조금만 더…. 하다가 결국 또 언니의 가족이 되었다. 언니의 의지와 다르게 자꾸만 품에 안게 되는 강아지. 그때마다 언니는 좋으면서도 불안했다. 파양된 치와와인 '제리'를 이십 대 때부터 키우게 되었을 때도 언니는 행복해하면서도 슬퍼했다. 온정아. 결국 또 시작해 버렸어, 하면서. 언니는 제리가 아플 때마다 전화해서 울먹거렸다. "앞으로는 절대 강아지 키우지 않을 거야. 제리가 마지막이야." 언니만큼 반려견과 긴 역사를 가진 것은 아니지만 나 역시 꾸부와 10년을 함께했고, 꾸부 역시 여러 질병으로 고생하다가 무지개다리를 건넜기 때문에 그 마음을 알았다. 꾸부와 함께한 시간들을 떠올리는 것만으로도 누가 마음을 후벼파듯 아팠다.

하지만 제리의 일상 이야기를 할 때면 언니는 세상에서 가장 천진한 사람이 되었다. 나에게 종종 제리의 사진을 보내주고, 그 아무리 사소한 제리의 행동일지라도 귀엽다고 이야기했다. 제리에 대해 이야기할 때 언니의 들뜬 목소리에는 빈틈없이 애정이 가득했다. 제리가 예뻐서 어쩔 줄 몰라 하는 게 눈에 보였다.

반려견이 주는 행복은 우리의 얼굴을 바꾼다. 그저 바라보는 것만으로도 순도 백 프로의 미소를 짓게 한다. 반려동물은 늘 존재만으로 그걸 해낸다. 그렇게 한없이 행복해하다가도, 우리는 한 번씩 불안해지고 트라우마에 시달린다. 이 행복이 아픔으로 얼룩져 버리는 것은 아닐까. 언니와 나는 딸꾹질처럼 불쑥불쑥 찾아오는 이 불안이 두려웠다. 그래서 결코 가볍지 않은 마음으로, "다시는 반려견 키우지 않을 거야"라고 외친 것이었다.

그랬던 우리는 지금 어떻게 되었을까. 둘 다 그 약속을 지키지 못하고 비슷한 시기에 다시 강아지의 가족이 되었다. 맨 처음 내가 강아지를 키우고 싶다고 했을 때 반대했었던 언니는, 내가 반려견을 입양하고 싶은 걸 참고 또 참느라 마음고생하는 걸 지켜보며 나를 토닥여주었다. 해라, 하지 말아라 쉽게 이야기하지 않았다. "너의 마음을 이해해"라고 말했다. 그게 얼마나 어려운 결정인지 누구보다 잘 아는 사람이니까. 그리고 내가 마침내 언니에게 달콩이의 사진과 입양 공고를 보냈을 때, 언니는 누구보다 적극적으로 나를 지지해 주었다.

언니는 오래 사귄 남자친구와 결혼하면서 부모님과 제리로부터 독립했는데, 뒤이어 남자친구가 키우던 몰티즈 '장군'이와 신혼집에서 함께 살게 되었다. "난 그냥 가만히 있어도 강아지가 따라오는 팔자인가 봐.” 언니는 말했다. 반려견 돌봄 경력자로서 언니는 노련하고 야무지게 장군이를 키우고 있다. 게다가 코로나 사태가 터지며 생업이 확 줄었던 시기, 언니는 우울함을 이겨내기 위해 장군이와의 소소한 일상을 유튜브에 올리기 시작했고 지금은 10만 유튜버가 되었다.

하루는 언니 집에 놀러 갔는데 10분에 한 번씩 장군이에게 “귀여워”를 외치는 언니의 모습을 보았다. 우리 집에 CCTV라도 달아놓은 건가. 어쩜 이렇게 강아지 키우는 집은 다 똑같나, 생각했다. 그런 언니가 어느 날에는 또 울면서 장군이의 심장병에 대해 이야기하다가 말했다.

“적당히 사랑하고 싶어.”

짧지만 많은 게 담긴 문장이었다. 사랑 앞에 ‘적당히’라는 수식을 붙이는 것 자체가 모순이라는 생각도 들었다. 사랑은 내 뜻대로 조절할 수 있는 게 아닌걸. 설령 적당히 사랑하는 게 가능하다 해도, 사랑을 온전히 쏟았을 때만 느낄 수 있는 감정이 있다. 그건 글로도 표현할 수 없고, 누군가로부터 배울 수도 없다. 속수무책으로 사랑에 빠져본 사람만이 그 감정을 안다.

뒤이어 언니는 말했다.

"다시 태어나면 동물은 사랑하지 않을 거야. 그 어떤 동물도 사랑하지 않겠어!"

우린 웃는다. 울면서 웃는다. 이번 생에는 불가능하다는 걸 안다. 이미 사랑의 맛에 빠져버려 사랑하지 않는 법을 모른다.

있는 사랑 없는 사랑 다 꺼내주고 결국에는 작별해야 하는 일. 결말을 알면서도 우리는 다시 시작한다, 그 사랑을. 사랑의 순간들만큼은 눈부시게 빛난다는 걸 아니까.

| 단정 지을 수 없는 것 |

"달콩이에 대해 설명하시오."

…라는 문항이 있다면 아마 답변으로 에이포용지 석 장은 빽빽하게 써야 할 것이다. 달콩이는 이런 애다, 저런 애다, 딱 잘라 표현하기 어렵다. 내가 달콩이를 '어떤 강아지'라고 단정 짓는 순간, 마치 징크스처럼 '그렇지 않은 달콩이'가 등장하니까. 달콩이는 늘 그런 식으로 고정 관념을 깨뜨린다.

A를 집에 초대하면서 "달콩이가 겁도 많고 낯을 가려서 처음에 좀 짖을지도 몰라"라고 조심스레 이야기했는데, 웬걸,

달콩이 마음에 쏙 들었는지 A의 냄새를 맡자마자 꼬리를 마구 흔들며 다가가서는 뽀뽀까지 해대는 바람에 민망했던 적이 있다. 누구한테 짖고 누구한테 안 짖는건지 그 기준은 여전히 알 수 없다. 또 달콩이는 밥상머리 예절을 잘 지키는 아이라 사람이 밥을 먹을 때 보채지 않는다. 오히려 사람이 숟가락을 드는 순간 달콩이는 멀찍이 자리를 잡고 잠을 자는 통에 그간 많은 어르신들께 칭찬을 받아왔다. 그렇게 밥상머리 예절만큼은 자부했던 달콩이가 갑자기 식탁에 앉아있는 B에게 앞발을 올리고 식탁에 있는 음식에 코를 갖다대며 헥헥거렸을 때, 나와 남편은 충격에 휩싸였다.

"어머, 얘가 대체 왜 이러지? 왜 안 하던 행동을…."

이것뿐이랴. 달콩이가 아가일 때 "달콩이는 성향이 워낙 독립적이라 분리불안 같은 거 없어"라고 주변에 자신 있게 말했는데, 말 꺼내기 무섭게 분리불안이 심해져서 한참 고생했었다. 지금은 괜찮아져서 혼자서도 잘 먹고 잘 쉰다. 반대로 내가 달콩이에게 분리불안이 생겼지만…. 어쨌든, 또 아가 때 "달콩이는 똑똑해서 쉬야도 배변 패드에 잘해"라고 했는데 역시 말 꺼내기 무섭게 아무 데서나 쉬야를 하더니 곧 집에서는 절대 쉬야를 하지 않는 실외 배변 강아지가 되었다.

어떤 때 보면 말을 너무 잘 알아들어서 "너, 사실 사람이지?" 하다가도, 또 어떤 때는 눈치가 없어도 너무 없어서 "아무리 강아지라도 이건 좀 심한 거 아니야?"라고 말하게 만든다. 질투는 또 어떻고. 우리 부부가 아무리 다른 강아지를 예뻐해도 달콩이는 섭섭할 정도로 무심한데, TV를 거의 안 트는 우리가 아주 가끔 TV를 보며 웃으면 자기를 봐 달라고 조른다.

또, 달콩이는 가끔 바보 같을 정도로 착하다. 좋아하는 간식이 바닥에 떨어져도 우리가 허락하기 전까지는 먹지 않고 기다리고, 시끄러운 소리가 나는 드라이기로 젖은 몸을 말려도 배를 드러낸 채 잠자고, 알레르기 때문에 몸을 긁을 때 "안 돼!"라고 말하면 긁는 걸 꾹 참을 정도로, 다른 강아지에게 물려도 깨갱 소리도 안 낼 정도로 착하다. 하지만 그렇다 해서 남들에게 달콩이를 순하다, 착하다고만 표현하기에는 또 조심스러운 구석이 있다. 보호자가 "우리 애는 순해서 괜찮아요"라고 말했음에도 남을 물어버린 강아지의 이야기는 흔하다. 보호자에게는 한없이 순할지언정 동물이 가진 본능은 어쩔 수 없을지도. 아니면 달콩이처럼 취향이 확고해서 어떤 사람이나 동물 앞에서는 적대적이고 어떤 이들 앞에서는 순해질지도 모른다.

요즘도 달콩이는 계속해서 새로운 모습을 보여주고 있다. 달콩이는 애교가 없고 새침하다고 했는데, 무슨 바람이 들었는지 요사이 애교쟁이가 되었다. 한참 글 쓰다가 머리 식힐 겸 달콩이를 불러서 안아줬더니 그대로 내 무릎 위에 턱을 괸 채 잠들었다. 이러니 내가 어찌 달콩이를 이렇다, 저렇다라고 간단히 설명할 수 있겠는가. 사실 나도 나 자신을 잘 모르겠는데, 말도 못 하는 동물을 어찌 몇 마디로 단정 지을 수 있을까 싶다.

그렇게 달콩이를 어떤 아이라고 설명하는 데 매번 실패한 나는, 그게 비단 달콩이의 사정만은 아니란 걸 알게 되었다. 그동안 '나는 …한 편이다'라는 표현을 정말 자주 써왔다. 나는 머리가 안 좋은 편이다. 일할 때 부지런한 편이다. 잘 참는 편이다….

머리가 안 좋다는 이야기를 입에 달고 살지만 막상 새로운 것들을 곧잘 배운다. 일할 때 부지런한 사람이라고 표현했지만 종종 할 일을 미뤄둔 채 휴대폰을 만진다. 잘 참는 편이라고 해놓고서는 얼마 전 동료 앞에서 힘들다며 울분을 토했다. 울그락불그락한 얼굴을 하고선, 격양된 목소리로.

'…한 편이다'라는 표현 자체가 '대부분 그러하다'라는 뜻이니 틀린 말은 아니지만, 내가 자꾸만 나 자신을 어떤 울타리 안에 가둬두고 있는 건 아닌지 생각해 보게 된다. 부모님으로부터 독립한 뒤 주변에 "나는 살림을 잘 못하는 편이야"라고 시도 때도 없이 얘기해왔다. 하지만 막상 책임감을 가지고 적극적으로 집안일을 하기 시작하며 자주 하는 생각이 있다. '아, 나도 잘할 수 있구나. 마음먹고 하면 제대로 할 줄 아는 사람이었네….' 지금껏 나 자신을 어떠한 사람이라고 단정지어 버리고선, 그 속에 한계를 두는 버릇이 있다는 걸 알게 되었다.

떠올려보니, 어렸을 때 나의 이미지에 벗어나는 행동을 했다가 상대방을 실망시킨 적이 많았다.

"너 원래 생글생글 잘 웃는 애 아니었어?"

"네가 화도 다 내고, 의외다."

당시에는 그런 반응들에 퍽 억울했다. 그럼 뭐, 평소에도 일부러 화를 내고 다녀야 하나? 하지만 지나고 생각해 보니 그것도 다 내가 만들어 낸 이미지였던 것 같다. 나는 어떠어떠한 편이야, 라고. 자꾸 좋은 사람으로, 잘 웃는 사람으로 나를 설명했다. 그 노력의 대가로 관심과 사랑을 받았다. 하지만 반쪽만 드러낸 얼굴은 오래 가지 못했다. 조금만 깊은 관계가 되면 자연스레 나의 다른 모습도 드러내게 되었고, 예상치 못한 모습에 상대는 당혹스러워했다. 그들의 반응을 보며 나는 나의 다른 반쪽을 미워하고 숨겼다.

하지만 달콩이는 굳이 사랑받기 위해 자신을 바꾸지 않는다. 이미 사랑을 듬뿍 받고 있는 자의 여유일지도 모르겠지만, 어쨌거나 저쨌거나 고정될 필요 없는 달콩이 그 자체다. 나 역시 마찬가지일 것이다. 나는 그저 고유한 '나'이고, 꼭 그래야 하는 나는 없다. 예전에는 그러했지만 지금은 그러하지 않고, 저기서는 그러하지만 여기서는 그러하지 않은 사람이다. 그러니 앞으로 나 자신과 달콩이에 대해 함부로 쉽게, 짧게 설명하려 하지 말아야겠다. 그러기에 우린 너무 다채롭고, 변덕스러우며, 한계 없이 성장할 수 있는 존재이니까.

| 각자의 역할 |

"달콩아. 아빠가 좋아, 엄마가 좋아?"

가끔 장난처럼 묻지만 답은 나와 있다. 달콩이는 나보다 홍군을 더 좋아한다. 이는 명백한 사실이다. 처음에는 섭섭하기도 했으나 이젠 대충 이유를 알 것 같아서 그러려니 한다. 오히려 꽁냥거리는 둘을 흐뭇하게 바라볼 뿐이다.

홍군은 달콩이와 정말 잘 놀아준다. 달콩이가 삑삑이 장난감을 물고 병아리처럼 삐약삐약 소리를 내며 다가가면, 그때부터 홍군의 오두방정은 시작된다. 달콩이 앞에 장난감을 준다. 달콩이가 장난감을 물려고 한다. 입이 닿기 바로 직전에 홍군은 장난감을 다른 쪽으로 가져간다. 마치 터키 아이스크림 아저씨처럼. 휙휙, 효과음까지 넣으며 이쪽, 저쪽, 앞, 뒤로 장난감을 요란하게 움직인다. 마침내 던져주는가 싶어 달콩이가 저쪽으로 달려갈 준비를 마치면, 홍군은 '또 속았지?' 라고 말하듯 익살스러운 얼굴로 반대편에 장난감을 던진다. 달콩이는 귀를 펄럭거리며 신나게 뛰어가 장난감을 문다. 나 역시 최선을 다해 오두방정을 떨며 놀아줘 보았지만 달콩이는 금세 흥미를 잃었다. 그래서 "어떻게 그렇게 잘 놀아줘? 비결이 뭐야?" 하고 물었더니 홍군 왈,

"음…. 그건 말이지. 그냥 개가 되면 돼."

그런 대화를 나눈 뒤로 나는 홍군을 대형견이라 부르게 되었다. 두 강아지(?)가 신나게 노는 모습을 지켜보는 건 참으로 즐거운 일이다. 홍군은 이렇게 개가 되어가며 즐거운 놀이를 해주는데 나는 달콩이 코 떼어먹는 척하기(옴뇸뇸뇸), 배방구 시도하기(뿌우우우), 휘파람 불기(휘오휘오), 억지로 끌고 와서 거칠게 포옹하기 등등…. 달콩이가 기겁할 만한 장난만 잘 치니 아빠를 더 좋아할 법하다. 게다가 평소 남편은 달콩이를 대하는 손길이 조심스러운 반면 나는 원체 덤벙거리고

행동이 과격한 편이라 달콩이가 알게 모르게 불편을 느꼈을 지도 모른다.

홍군이 공부를 위해 1년간 휴직한 적이 있다. 홍군이 거의 온종일 집에 있었던 그 시기, 달콩이의 행동이 눈에 띄게 안정적으로 변했다. 홍분도가 낮아졌고, 산책 매너도 좋아졌고, 애정 표현까지 늘었다. 사실 달콩이를 입양한 뒤로 나 역시 직장을 그만두고 달콩이와 붙어있었던 시간이 두 번이나 있었다. 하지만 그 기간에 달콩이가 딱히 안정감을 느끼지는 못했던 것 같다. 오히려 분리불안이 심해져서 나도 달콩이도 많이 힘들었었다.

이럴 때 보면 홍군이 나보다 달콩이를 더 잘 키우는 것 같다. 나는 달콩이를 훈련 시킬 때도 기복이 심한 편이다. 처음 마음먹었을 때는 단호하게 하다가도, 나도 지치고 달콩이도 지친다 싶으면 금방 포기해 버린다. 반면 홍군은 끈기 있게 달콩이를 훈련 시킨다. 산책 훈련을 할 때도 그랬다. 산책할 때 달콩이는 자꾸 보호자보다 한참 앞서 나가며 리드줄을 당기곤 했다. 이 행동을 교정하기 위해서는 강아지가 줄을 당기는 순간을 바로 포착하여, 리드줄을 다시 보호자 쪽으로 빠르고 강하게 당겨야 한다. 달콩이가 심하게 줄을 당기던 시절에는 거의 1분에 한 번씩 그 행동을 해야 했다. 산책만 하는 것도 힘든데 달콩이가 앞서나가는 걸 끊임없이 제지하는 건 보통 일이 아니었다. 산책이 아니라, 당기려는 자와 그걸 다시 당겨오려는 자의 기싸움이 되어버렸다. 홍군은 정말로 1분에 한 번씩 끈질기게 달콩이 줄을 당기며 훈련했다. 거의 예외를 두지 않았다. 앞으로 나아가지도 못하고 서로 스트레스를 받는 상황이 되어도, 효과가 눈에 보이지 않아도 홍군은 달콩이가 줄을 팽팽하게 당기지 않을 때까지 훈련을 반복했다.

홍군의 인내심은 오랜 시간 끝에 결국 빛을 발했다. 달콩이는 이제 줄이 팽팽해진다 싶으면 스스로 속도를 늦춘다. 덕분에 지금은 달콩이와의 산책이 몇 배로 수월해졌다. 사실 홍군이 너무 엄격하게 훈련하는 모습을 지켜보며 "그렇게까지 해야하나…." 궁시렁거린 적도 있었다. 하지만 그 덕은 내가 제일 많이 보고 있다. 달콩이보다 힘이 달려서 질질 끌려다니던 내가 이제는 작은 힘만으로도 달콩이를 제지한다.

홍군만큼 잘하고 있는지는 모르겠지만, 그와는 다른 영역에서 나 역시 엄마의 역할을 한다. 나는 주로 섬세한 부분들을 책임지고 있다. 오늘 달콩이의 컨디션이 어떻고 기분은 또 어떤지, 어제와 비교해서 몸을 더 긁지는 않는지, 피부가 붉어지지는 않았는지 매의 눈으로 살핀다. 달콩이의 상태에 따라 매주 스케줄을 새로 짜기도 한다. 무슨 요일에 유치원을 보낼지, 유치원에 안 가는 날에는 어디로 가서 어떻게 달콩이의 에너지를 풀지, 또 어느 타이밍에 쉬어야 달콩이가 피곤해하지 않을지 고민한다.

까탈스러운 달콩이의 취향을 알아내는 것도 주로 엄마의 역할이다. 최근에는 물을 어떤 방식으로 줘야 달콩이가 잘 먹는지 알아내기도 했다. 실외 배변 강아지는 방광염에 걸릴 위험이 크기 때문에 음수량을 늘리는 것이 중요하다. 그런데 산책 후 아무리 정수기 물을 들이밀며 마시라 해도 달콩이는 늘 시큰둥했다. 후각이 발달한 강아지는 신선한 물을 구별한다는데, 달콩이 역시 흐르는 물을 좋아한다는 걸 알아냈다. 그래서 욕실 수도꼭지에서 콸콸 흐르는 물을 받아서 바로 줘봤더니 달콩이는 그 자리에서 물 한 사발을 뚝딱 해치웠다. 똑같은 물처럼 보여도 달콩이의 행동을 세심하게 따라가 본 덕에 찾아낸 방법이었다.

목욕이나 미용, 달콩이의 식기 관리 역시 엄마 담당이다. 아무렇게나 삐죽삐죽 튀어나와서 눈까지 가려버리는 얼굴 털은 하루에도 몇 번씩 손으로 만져가며 가지런히 정리한다. 털이 푸석하거나 얼굴이 꼬질꼬질해 보이면 수건에 물을 묻혀 온몸을 닦아주고 빗질을 해준다. 조금만 관리해 줘도 달콩이 털은 방금 찐 감자처럼 포슬포슬해진다. 달콩이에게 어떤 걸 먹이고 어떤 샴푸를 써야 털 상태가 더 좋아지는지도 꼼꼼히 관찰한다. 달콩이가 쓰는 그릇들은 워낙 쉽게 안 닦이기도 하고, 세제가 남는 게 걱정되기도 해서 베이킹파우더와 식초로 씻는다.

달콩이가 이불 위에서 자고 있으면 나는 달콩이 턱 아래로 이불을 두껍게 뭉쳐서 받쳐주곤 한다. 나름 베개를 만들어주는 것인데, 달콩이가 얼굴을 베개에 파묻고 자는 걸 좋아하기 때문이다. 달콩이의 모든 면을 너무 유난스럽게 살피는 것 같기도 하지만, 사실 정말로 신경 써서 보는 것보다는 나도 모르는 사이 눈에 들어오는 것이 훨씬 많다. 역시 엄마의 시선은 어쩔 수 없나 보다.

달콩이 보호자는 나와 남편, 둘 뿐이지만 그래도 알차게 역할을 나누어 달콩이를 키우고 있다. 물론 둘의 역할이 무 자르듯 나누어져 있지는 않다. 달콩이에 관한 모든 일은 우리 둘의 머리와 손을 맞대며 고민하고 움직인다. 그때그때 시간과 여유가 조금이라도 더 있는 사람이 번갈아 가며 달콩이와 산책을 나가고, 달콩이 밥을 주고, 빗질을 해준다. 달콩이를 키우는 데 있어서 홍군과 나는 제법 훌륭한 한 팀인 것 같다.

나와 남편의 주요한 역할이 서로 다른 것처럼, 달콩이 역시 엄마와 아빠의 존재를 조금씩 다르게 정의하는 것 같다. 엄마는 '자신이 지켜주어야 하는 존재', 아빠는 '자신을 지켜주는 존재'로 인식하는 것 같달까. 산책할 때 가끔 어둡거나 외진 쪽으로 가면 달콩이가 안 가겠다고 필사적으로 고집을 부린다. 그게 나랑 둘이 산책할 때 훨씬 심해지는데, 아마 무서운 길에서 나를 지켜줄 자신이 없어서 그런 게 아닌가 싶다. 이게 사실이라면 달콩이가 생각하는 우리 집 서열은 아빠, 달콩이, 엄마 순이겠다(좋아하는 순서도 아빠가 1등이니 엄마는 만년 꼴등이다). 달콩이가 지켜주어야 하는 엄마가 아닌 달콩이를 지킬 수 있는 믿음직한 엄마가 되고 싶다. 달콩이 위로 서열 상승하는 그날까지. 지금보다 더 멋지고 굳센 엄마가 되어보련다.

세상의 쓴맛

"우와, 어쩜 이렇게 순해요?"

아파트 엘리베이터에서 이웃을 마주하면 종종 듣는 말이다. 강아지를 불편해하는 사람이 있을까 봐 우리 부부는 엘리베이터를 타면 달콩이를 가장 구석으로 몰아두는 훈련을 했다. 보호자 다리 뒤에 얌전히 앉아 울상인 눈을 꿈뻑꿈뻑거리며 1층에 도착하기를 기다리는 강아지. 지켜보는 사람들이 순하다고 이야기할 만하다. 하지만 나는 순하다는 말을 들으면 조금 긴장한다. 1절을 지나 2절이 시작되는 순간.

즉, 순해서 사람도 좋아하겠거니 생각하고 달콩이에게 다가가는 순간, 순하지 않은 달콩이의 모습이 튀어나올지도 모르기 때문이다. 그래서 2절이 시작되기 전에 나는 달콩이를 다리 뒤로 더 숨긴 채 "얘가 겁이 좀 많아요, 하하하"라고 아리송한 말을 꺼낸다. 그 행동에는 다가오지 말아 달라는, 멀리서만 예뻐해 달라는 뜻이 담겨있다.

어릴 적, 그러니까 태어난 지 6개월도 채 되지 않아서 누가 봐도 아기 티가 나던 시절의 달콩이는 이 세상을 조건 없이 좋아했다. 산책하다가 강아지 친구들을 마주치면 꼭 인사하고 싶다며 쩔쩔맸고, 그쪽으로 가겠다고 리드줄을 당겼다. 나는 상대 보호자에게 "인사시켜도 될까요?" 묻고선, 오케이 사인을 받는 즉시 달콩이에게 질질 끌려갔다(달콩이도 눈치껏 오케이 사인을 알아차렸다). 그럴 때마다 달콩이가 뒤도 돌아보지 않고 필사적으로 달려가서 적극적으로 친구의 냄새를 맡고 애정 표현을 하는 바람에 난감했던 적이 한두 번이 아니었다.

"어머, 달콩아. 천천히 다가가야지. 죄송해요. 얘가 친구를 워낙 좋아해서…."

나는 상대 강아지가 달콩이의 저돌적인 행동에 놀랄까 봐, 두 강아지 사이에 쭈그려 앉아 달콩이를 제지하며 두 손을 바삐 움직였다. "응, 달콩아, 천천히. 안 돼, 천천히. 그렇지." 천천히 다가가라는 말을 달콩이가 알 리 없지만, 그 말을 '처언천히이이'라고 늘려서 말하면 달콩이도 조금 차분해질까 싶어 내가 할 수 있는 최선으로 달콩이의 매너를 지키려 애썼다. 하지만 아무리 훈련을 시켜도 달콩이는 변화할 기미조차 보여주지 않았다. 다른 강아지와 마주칠 때마다 저 친구와 인사를 하지 않으면 자신은 한 발짝도 움직이지 않을 거라는 양, 낑낑거리고 고집을 부렸다. 그저 들이댈 줄만 아는 이 강아지를 대체 어쩐다.

강아지뿐만 아니라 사람에게도 마찬가지였다. 길을 가다가 달콩이를 예뻐하는 사람이 나타나면 달콩이는 꼬리를 마구 흔들었다. 얘가 사람도 좋아하고 강아지도 좋아하고 사회성이 너무 좋다면서, 모르는 사람들에게도 칭찬과 이쁨을 많이 받았다. 달콩이는 간혹 배를 뒤집기도 했다. 모든 사람에게 그런 것은 아니었고 주로 강아지 냄새를 머금은 사람에게 달콩이는 무척 관대했다. 동네에서 달콩이를 산책시키며 자주 마주쳤던 한 아주머니께서는, 발라당 뒤집은 달콩이의 배를 긁으면서 나에게 말씀하시기도 했다.

"근데…. 너무 이렇게 아무한테나 쉽게 배 뒤집고 그러는 것도 좀 안 좋은 것 같아."

그 말을 들었을 때, 솔직히 기분이 상했다. 달콩이를 대신하여 자존심도 조금 상했다. 아주머니 몸에서 달콩이가 좋아하는 몰티즈 친구의 냄새가 나서 그런 건데요. 달콩이 절대 아무한테나 배 뒤집지 않아요, 하고 대꾸하려다가 그냥 "아직 아가라 순진해서 그래요." 정도만 이야기하고 웃으며 넘겼다. 그다음부터 그 아주머니를 마주치면 인사만 하고 가던 길을 갔다. '우리 달콩이 그렇게 쉬운 애 아닌데….' 읊조리면서.

하지만 지금, 네 살짜리 달콩이는 내가 굳이 노력하지 않아도 어디 가서 '쉬운 애'로 불릴 일이 절대 없는 강아지가 되었다. 이제는 사람도 강아지도 마주치면 의심부터 하고 본다. 너무 쉬운 강아지로 보여서 자존심이 상했던 그 시절이 가끔 그리울 지경이다. 아기 때부터 새가 흔드는 나뭇가지에도 식겁하고 길가에 서 있는 동상만 보아도 도망가던 달콩이는, 산책도 매일 하고 틈틈이 여행도 다니며 최대한 다양한 환경에 노출시켰음에도 어째 갈수록 더 겁이 많은 강아지로 성장했다. 겁이 많다는 것은 마냥 귀엽고 여리다는 뜻이 아니다. 자극이 없을 때는 순하지만, 누군가가 다가오면 소스라치게 놀라고, 약간의 자극에도 흥분하며, 현관에서 띵동띵동 벨이 울리면 집에 모르는 사람이 들어와서 자신을 해칠까 봐 두려워 왕왕 짖는다는 뜻이다.

달콩이가 의심 많고 겁 많은 강아지가 된 데에는 다 이유가 있다. 아기 달콩이에게는 환경의 큰 변화가 여러 번 있었다. 길에서 태어나 2개월령 쯤 임보처에 들어가 한 달을 살았고, 3개월 때 우리 집으로 입양 왔으며, 8개월 때는 갑작스레 새로운 집으로 이사를 가게 되었다. 낯선 집에 적응하는 것도 힘들었을 텐데 오랫동안 백수였던 내가 하필 이사와 동시에 취업까지 하게 되었다. 처음으로 집에 혼자 있게 된 달콩이는 주 3일 유치원에 다니기 시작했다. 당시 유치원에 보내기로 선택한 건 우리 부부가 할 수 있는 최선의 선택이었다. 달콩이는 친구만 보면 놀고 싶어서 환장을 했고, 낯선 집에 혼자 있는 것을 싫어했으니까. 유치원에서 올린 영상을 보면 달콩이는 놀고 또 놀아도 항상 놀이에 굶주려있는 아이처럼 신나게 친구들과 뛰어놀았다. 유치원에 다녀온 다음 날에는 정신없이 자느라 온종일 혼자 있어도 불안해하지 않았다. 우리 부부는 달콩이의 유치원 생활에 만족했다. 하지만 얻는 것이 있으면 잃는 것도 있는 법. 달콩이는 조금씩 세상을 경계하기 시작했다. 모든 친구가 자기를 받아주진 않는다는 걸 사회생활을 하며 알게 된 모양이었다. 밖에서 산책을 하다가 친구를 마주쳐도 이제는 무작정 다가가서 꼬리를 흔들기보다는 일단 이 친구가 안전한 친구인지 확인하는 작업을 먼저 거치기 시작했다.

그러던 어느 날, 달콩이와 산책 중 속상한 일이 생겼다. 맞은편에 중형견 두 마리의 리드줄을 한 손에 쥔 채 건성으로 산책을 시키는 보호자가 보였다. 정확히는 부부가 함께 있었는데 왜 여성 보호자가 혼자서 두 마리를 잡고 있었는지는 모르겠다. 그 보호자는 남자와의 대화에 집중할 뿐, 달콩이의 존재를 의식하지 않았고 자신의 강아지들이 어느 쪽으로 가는지조차 신경 쓰지 않았다. 이윽고 두 친구가 달콩이에게 거침없이 다가왔고 달콩이는 쫄아서 귀와 꼬리를 내린 채 친구들의 냄새를 파악하려 했다. 그 순간, 갑자기 두 아이가 큰 소리로 그르렁거리며 달콩이를 물었다. 난 그 소리에 너무 놀란 나머지 달콩이가 물린지도 몰랐다. 심지어 내가 주의를 기울이지 못해서 그렇게 된 건가 순간적인 판단이 안 되어 습관적으로 "죄송합니다"라는 말까지 했다. 두 아이를 잡고 있던 보호자는 당황한 기색도 없이, 아무 일도 없었다는 양 가던 길을 갔다. 남자와 대화까지 계속 이어가면서. 그런데 놀란 가슴을 쓸어내리며 달콩이를 멀찍이 데리고 와서 살펴보니 달콩이의 양쪽 뒷다리에 상처가 나 있었다. 그 작은 다리에 피가 고여있는 걸 보니 너무 분하고 어이가 없어서, 또 달콩이에게 미안해서 눈물이 났다. 그 사람을 찾아가서 따지고 싶었지만 그럴 용기도 없었을뿐더러 내가 더 조심하지 않은 잘못도 있다는 생각에 꾹 참았다. 날카로운 이빨에 물릴 때에도, 물리고 난 뒤에도 아프다고 표현조차 안 하는 달콩이를 보니 더 속이 상했다. 달콩이를 안고 집으로 달려가 상처를 소독하고 연고를 발라주었다.

그렇게 사회의 쓴맛을 보기 시작한 달콩이는, 마냥 배를 뒤집어 깠다간 험난한 이 세상을 살기 어렵다는 걸 몸소 깨달은 모양이다. 그리고 알아서 자신을 지키는 기 센 강아지가 되어갔다. 지금의 달콩이는 "나는 순둥이가 아니야!"라고 선수치기 위해 처음 본 친구들에게 겁을 주는 수준까지 다다랐다. 이제 산책하다가 강아지를 마주치면 달콩이는 몸부터 낮추고 아르르 소리를 낸다. 목줄을 매지 않는 반려견 운동장이나 유치원에서는 친구들이랑 잘 노는데, 목줄을 하고 있는 상태에서는 도망갈 수가 없어서 그런지 늘 경계 태세를 한 채 긴장한 모습이 역력하다.

혹시 모를 상황에 대비해 이제는 달콩이를 처음 본 강아지와 인사시키지 않는다. 강아지를 마주하면 바로 다른 길로 방향을 바꾸거나, 바꿀 수 없는 경우에는 달콩이의 몸을 두 손으로 꽉 잡은 채 친구가 지나갈 때까지 기다린다. 급할 땐 무거운 달콩이를 안아서 데려가기도 한다. 여간 불편한 게 아니다. "달콩. 너 왜 이렇게 승질이 더러워졌어? 다 퍼주던 쉬운 달콩이 어디 갔어." 강아지 친구들을 피해야 하는 순간마다 나는 볼멘소리로 달콩이에게 이야기한다.

이로써 달콩이는 모든 이에게 예쁨 받는 강아지가 되는 데 실패했다. 우리 부부는 달콩이의 예민함이 타인에게 폐를 끼칠까 조마조마하며 매번 훈련에 훈련을 거듭한다. 훈련을 하다가 지칠 때도 많지만 달콩이의 방어적인 행동들을 나는 이해한다. 알아서 자신을 지키는 모습이 오히려 기특하기도 하다. 나도 그랬으니까. 나도, 달콩이와 같은 변화를 겪었으니까.

나도 쉬운 사람이었다. 나에게 무례한 말을 던지는 사람들에게도, 심한 장난을 치는 사람에게도 명확히 선을 그을 줄 몰랐다. 거절하는 법도 몰랐다. 앞에서는 그저 어리바리하게 웃다가 뒤돌아서 속상해할 뿐이었다. 계속 속으로 누르다가 결국 상대 앞에서 으앙 눈물이 터져버리는 바람에 나약한 모습을 보이기도 했다. 그러고 나면 더 우습고 쉬운 사람이 되었다.

달콩이와 마찬가지로, 나 역시 사회의 쓴맛을 본 뒤로는 마냥 배시시 웃어 재끼다간 험난한 이 세상을 살기 어렵다는 걸 몸소 깨달았다. 그래서 사람을 경계하고 나를 방어하기 시작했다. 처음엔 달콩이처럼 센 척을 했더니 상황이 좀 나아지긴 했지만, 센 척을 하는 데에도 품이 많이 들었다. 그래서 택한 나의 방법은 무표정이었다.

다가오기 조금 어려운 사람이 되는 것은 센 사람이 되는 것보다 훨씬 쉬웠다. 그 대신 외로움은 감수해야 했다. 결코 이전처럼 많은 사람에게 사랑받을 수 없었다. 그렇게 자리 잡은 지금의 나는 사회성이 별로 좋지 않다. 내가 봐도 나는 숫기가 없고 재미도 없다. 하지만 남에게 피해를 주지 않는 선에서 나를 지키는 것. 가끔 쓸쓸하긴 해도 여전히 괜찮은 방법이라고 생각한다. 관심을 많이 받는 순간 어쩔 수 없이 상처받을 일도 많아지니까.

달콩이 역시 남에게 피해를 주지 않는 선에서 자기를 잘 지켰으면 좋겠다. 강아지가 알아서 남에게 피해를 끼치지 않는 건 쉽지 않을 테니, 그 영역은 결국 보호자의 몫이다. 우리 부부는 달콩이가 아파트에서는 짖지 않게, 산책 중에 다른 강아지에게 겁주지 않게, 사람들과 천천히 친해질 수 있게 옆에서 지도한다.

"모든 사람에게, 모든 강아지 친구들에게 사랑받을 필요는 없어. 달콩아. 사랑은 우리가 듬뿍 줄게. 너는 지금처럼 자신을 잘 지키면 돼"라고, 달콩이에게 말해주고 싶다.

우리가 이사를 꿈꾸는 이유

엄마가 이야기해 주시기를, 동네를 걷던 중 샴 고양이 두 마리를 산책시키는 사람을 마주쳤다고 했다. 모르는 사람에게 말 거는 일 없던 엄마도 그 생경한 광경에 놀라 선뜻 물었다고 한다.

"어머, 고양이가 하네스 하고 산책하는 건 처음 봤어요. 어쩜 그렇게 산책을 잘해요?"

"애들이 집에만 두면 오히려 스트레스를 너무 많이 받아서, 산책을 시켰더니 한결 낫더라고요. 사실 그것 때문에 이 동네로 이사 왔어요. 산책시키려고요."

엄마는 나처럼 아파트에 살고 있지만, 엄마네 동네가 우리 동네보다 훨씬 자연 친화적이다. 주변이 모두 고층 아파트들의 향연인 우리 동네와 달리, 엄마네 동네는 일단 아파트 건물의 높이가 훨씬 낮고, 단지가 작은 산으로 둘러싸여 있어서 어느 방향으로 가든 산으로 연결되는 통로를 만날 수 있다. 상권이나 편의시설과는 조금 떨어져 있지만 그만큼 동네가 아기자기하고 한적하다. 고양이를 산책시키기 위해 그곳으로 이사까지 갔다는 보호자의 마음이 백번 이해가 되었다.

나와 남편 역시 친정집에 갈 때마다 꼭 달콩이를 데리고 뒷산으로 산책을 나간다. 짤따란 다리로 성큼성큼 산을 오르는 달콩이를 뒤따라가느라 나와 남편의 발도 덩달아 바빠진다. 두툼한 짚이 깔려 있어 푹신푹신한 바닥, 바람 사이에서 서로 몸을 비비며 사그르르 소리를 내는 낙엽들, 데굴데굴 굴러다니는 도토리, 빨간 열매를 물고 날아다니는 새… 산을 탐색하며 한껏 신난 달콩이의 심장 박동이 리드줄을 타고 전해지는 것 같다. 이곳 밟아보고, 저곳 냄새 맡아보고, 하늘에서 나는 소리에 귀 쫑긋. 분주한 달콩이의 뒷모습을 보며 우리 부부는 늘 똑같은 말을 뱉는다.

"아. 이사 가고 싶다."

지금 사는 곳이 편리하긴 하다. 장점이 많은 곳이다. 직장과 가깝고, 걸어서 5분 거리에 병원, 마트, 프랜차이즈 음식점이 즐비하다. 빽빽하고 번쩍거리는 도시에서의 삶을 별로 안 좋아하긴 하지만, 이런 편리함까지 싫어한다고 말하면 거짓부렁이일 것이다. 우린 주말에 11시까지 늦잠 잔 뒤에 주린 배를 손으로 문지르며 일어나, 요리를 할 힘아리라고는 하나도 남아있지 않은 비상사태가 와도 슬리퍼 질질 끌고 나가서 햄버거를 사 먹을 수 있는 곳에 살고 있다. 그러니 우리 둘이서만 산다면 제법 괜찮은 곳이다.

하지만 우리에겐 달콩이가 있는 걸. 누가 봐도 도시보다는 시골과 잘 어울리는 강아지. 시골에 살면 분명히 지금보다 행복하게 살 강아지. 그저 '동물이니 자연에 살면 좋겠거니' 하고 추측하는 것이 아니다. 달콩이가 시골에서 잘 살 거라는 건 어느 정도 검증된 사실이다.

홍군의 본가는 파주의 논밭 한가운데에 있다. 시댁에 갈 때마다 달콩이가 워낙 좋아하길래 역시 넌 시골 체질이구나, 했는데, 얼마 전부터 시부모님께서 파주보다도 더 시골스러운 부여에 보금자리를 준비하기 시작하셨다. 파주의 꽃 농장을 정리하시고 나면 부여로 이사할 계획을 가지고, 부여의 100년 된 한옥을 직접 수리하고 계신다.

그러다 보니 시부모님을 뵙기 위해 어떨 때는 파주로, 어떨 때는 부여로 가게 되었는데, 달콩이를 데리고 부여에 갈 때마다 우리가 이 빌딩 숲에서 살고 있는 게 미안해질 지경이다. 어머님이 텃밭에서 잡초를 뽑아 멀찍이 던지시면, 달콩이는 장난감 쫓던 실력으로 삽시간에 그 잡초를 향해 뛰어간다. 장난감처럼 무작정 입에 물고 난 뒤에는 퉤 뱉는다(맛은 없었던 게지). 아버님이 삽으로 흙을 푸고 계시면 달콩이는 온 신경을 삽의 움직임에 집중한다. 그 흙을 옆에다 쌓으시면 그쪽으로 달려가 역시 입으로 가져갔다가 퉤, 한다. 온갖 일에 간섭을 해대는 통에 도무지 밭 일을 할 수 없을 정도로 달콩이는 신나게 텃밭을 뛰어다닌다. 텃밭 뒤에 있는 대나무 숲에도 한 번씩 뛰어 들어가는데, 그 속에서 한참 놀다가 등장하는 달콩이의 모습은 거의 흰 털 반, 까만색 도깨비 풀 반이다. 한여름에 땡볕 아래에서 한숨을 푹푹 쉬면서 한 시간 동안 도깨비 풀을 떼어냈는데, 달콩이는 얼마 지나지 않아 다시 대나무 숲으로 신나게 달려가서 도깨비풀을 붙여왔다.

그럴 때면 "으악! 대체 이 말괄량이를 어쩌면 좋아!" 하다가도, "으이구. 그렇게나 좋아? 그렇게?" 헥헥거리며 웃고 있는 달콩이에게 묻게 된다. 흙 위에서 온종일 뛰놀고 난 뒤에 달콩이는 온몸으로 만족을 표하며 커어어 잔다. 그 모습을 보면 우리의 마음도 평화로워진다.

그러니 우리는 조금이라도 자연 친화적인 장소에 가면, 휴, 일단 한숨부터 쉬고 말하게 되는 것이다. 시골 살고 싶다. 이사 가고 싶다. 집 보러 다닐까. 그런데 직장이랑 멀어지면 달콩이가 혼자 있는 시간이 늘어나잖아. 그럼 안 되지. 우리가 얼른 재택근무 가능한 프리랜서가 되어야 해. 시골로 내려갈 수 있도록…. 직업을 바꾸는 일까지 생각한다. 가끔은 이민마저 꿈꾼다. 안 그래도 이민 가고 싶다는 말을 자주 했었던 우리는 달콩이와 함께하며 그 생각에 더 박차를 가하게 되었다. 오스트리아나 미국 캘리포니아 같은 곳에 가면 보호자가 강아지와 함께 대중교통을 타거나 식당에 가는 걸 흔하게 볼 수 있다. 오프리시 파크(합법적으로 강아지 목줄을 풀어둘 수 있는 공원)도 종종 있어서 강아지들이 자유롭게 뛰논다. 물론, 그만큼 전반적으로 강아지의 훈련이 아주 잘 되어

있어서 가능한 일이다. 우리나라에서는 달콩이를 데리고 어디 한 번 가는 것도 어렵다. 요즘은 반려동물과 함께 하는 문화가 많이 형성되고 있긴 하지만, 그마저도 가방에 쏙 들어가는 소형견까지만 입장이 가능한 경우가 많다. 10킬로그램이 넘는 달콩이는 어딜 데려가는 것도 쉽지 않다. 그러니 어쩔 수 없이 달콩이의 행동반경은 집과 아파트 단지와 유치원으로 제한된다.

거처를 옮기는 게 어디 쉬운 일이랴. 고려할 게 한둘이 아니고, 하루아침에 될 일도 아니다. 늘 변화에 대한 갈망은 커도 막상 실천하기까지는 오랜 시간이 걸리는 겁보 부부에게는 특히 더 어려운 문제다. 하지만 달콩이도 벌써 네 살이다. 우리는 달콩이가 지금처럼 잘 뛸 때, 잔디를 만나면 풀 만난 토끼가 되어 깡총깡총 뛰고, 흙투성이가 되도록 놀아도 피곤한 줄 모른 채 잡초를 던지면 바로 달려갈 수 있을 나이에, 딱 지금 이 나이에 걸맞은 환경으로 가고 싶은 마음이 간절하다.

누군가는 유난이라 생각할지도 모르겠다. 무슨 반려동물 때문에 이사까지 생각하냐고. 사실 나도 내가 이렇게 될지 몰랐다. 하지만 우리 생활의 8할이 달콩이인 것을 부정할 수 없다. 밖에 나가기 위해서는 16층에서 엘리베이터를 타고 내려가야 하는, 집 밖을 나가도 겨우 아파트 단지만 빙빙 돌아야 하는 곳. 장난감을 던져주며 뛰놀 만한 마땅한 장소 하나 찾기 어려운 곳. 이런 곳에 살며 자꾸만 다른 곳으로 눈을 돌리게 되는 건 우리에게 당연한 일이다.

달콩이의 시간은 빠르게 흘러간다. 자연 속에서 뛰놀 때 가장 빛나는 달콩이를 보며 생각한다. 시간이 지나, 눈앞에 큰 운동장이 있어도, 마음껏 흙 씹어먹을 수 있는 밭이 떡하니 있어도 달콩이가 얌전해지는 날이 온다면. 달콩이가 그곳에서 뛰어놀지 않고 가만히 쉬는 날이 온다면…. 그런 달콩이를 지켜보며 난 너무 속상할 것 같다고. 우리의 마음은 또 조급해진다. 부디 달콩이가 더 오래도록 말괄량이 소녀이기를. 흙과 잔디만 보이면 대책 없이 뛰어놀아 주기를 바라며. 하루빨리 좋은 환경으로 도망갈 궁리를 한다.

| 달콩이와 모카 |

달콩이의 털 색깔을 표현하기 위해서는 인절미를 소환할 수밖에 없다. 하얀 찹쌀떡에 군데군데 누런 콩고물이 묻은 모습. 딱 달콩이의 모습이다. 그런 달콩이의 꼬리 쪽에는 딱 한 올, 까만 털이 나 있다. 어렸을 때 발견하고 신기해서 한참 웃었는데, 여전히 꼬리 쪽을 빗질하다 보면 까꿍 인사하듯 까만 털 한 가닥이 보인다.

그 까만 털은 아마 달콩이 아빠(부견)의 흔적일 것이다. 달콩이는 태어난 지 얼마 안 되었을 때 달콩이의 엄마와 자매들과 함께 구조되었다. 이런 식으로 구조되는 대부분의 유기견이 그렇듯, 달콩이 아빠는 누군지 알 수 없다. 다만 맨 처음 모견의 사진을 보았을 때 달콩이와 참 많이 닮았다고 생각했다. 오랫동안 씻지 못해서인지 흰 털은 거의 보이지 않았지만, 때가 꼬질꼬질 껴서 달콩이보다 좀 더 짙은 베이지색의 털이었다.

그런데 신기하게도, 임시 보호 때까지 달콩이와 함께 지냈던 '모카'라는 자매는 털이 진한 회색이다. 정확히 표현하자면 입양 전 아가 때의 모카는 까만색에 가까웠고, 점점 클수록 털이 연해지면서 고급스러운 회색빛이 되었다. 아마도 아빠의 털 색깔을 물려받은 게 아닐까 싶다. 어쨌든, 그 덕에 구조되자마자 달콩이와 모카에게 임시로 붙여졌던 이름은 바로 '만두'와 '탄만두'였다. 그때 둘이 함께 찍힌 사진을 보면 생긴 건 똑같은데 색깔만 다른 바둑돌 같다. 체형도, 살짝 접힌 귀도, 억울한 눈도, 개구쟁이지만 겁 많은 성격도. 쌍둥이처럼 똑 닮았다.

임보처에서도 둘은 서로에게 많이 의지했다고 했다. 당시 임보자님이 올린 사진들에서는 가지런히 놓아둔 젓가락 한 세트처럼 달콩이와 모카가 옆으로 나란히 누워 자는 모습을 많이 볼 수 있었다. 심지어 내가 맨 처음 입양 홍보글을 발견했을 때는 [두 아이를 함께 입양하실 분을 찾습니다]라고 쓰여 있었다. 그만큼 서로가 없으면 불안해했던 모양이다. 그러다 임보자님의 사정 때문에 하루빨리 다른 임보처나 입양처를 찾아야 하는 상황이 되자 결국 각자의 길을 걷게 되었다.

내가 달콩이 입양을 신청하고, 입양이 승인된 뒤로는 혼자 남은 모카의 입양 홍보를 도왔다. 포인핸드에 모카의 사진과 설명을 올리며 홍보했더니 금세 몇 번의 입양 신청이 들어왔다. 신청이 들어오면 심사를 진행하시는 봉사자님께서 임보자님과 나에게 조언을 구했다. 셋이서 함께 신청서를 열심히 검토했지만 딱 눈에 들어오는 신청자가 없었다. 당시 달콩이는 순둥이였지만 모카는 에너지 넘치는 개구쟁이 캐릭터였기 때문에 임보자님은 걱정이 많았다. 꼭 마음의 준비가 제대로 된 사람에게, 또 환경이 좋은 입양처로 보내야 할 것 같다고 하셨다.

그러던 어느 날 봉사자님이 흥분한 말투로 카톡을 보내왔다. "완벽한 분이 입양 신청을 하셨어요!" 입양처의 환경이며 입양을 원하는 이유까지도 그 이상 좋을 수 없어 보인다고 했다. 사연을 들어보니, 신청한 가족이 오래 키우다가 무지개다리를 건넌 강아지와 모카가 똑 닮았다고. 어떤 마음으로 입양 신청을 했을지, 신청하기까지 얼마나 고민했을지 그 마음을 알 것 같았다. 결국 모카의 입양처는 그 집으로 결정되었다. 달콩이 입양 후 몇 주 뒤에 모카 역시 평생을 함께할 가족 품으로 떠났다.

모카네 집은 대가족이었다. 집에 할머니, 할아버지, 엄마, 아빠, 오빠, 언니가 함께 살았다. 신혼부부인 우리 집과는 환경도, 분위기도 무척 다를 터였다. 모카와 달콩이는 각자의 집에서 무럭무럭 자랐다. 나는 늘 인스타그램에 모카의 소식이 올라오기를 손꼽아 기다렸다. 모든 게 궁금했다. 달콩이는 이렇게 지내고 있는데, 모카는 어떻게 지내고 있을지. 달콩이의 귀는 한쪽만 펴졌는데, 모카는 지금쯤 귀가 얼마나 펴졌는지. 달콩이는 새로운 행동을 하기 시작했는데, 혹시 모카도 비슷한 행동을 하는지. 달콩이의 몸무게는 벌써 몇 킬로그램이 되었는데, 모카는 얼마큼 자랐는지. 모카의 사진이나 영상을 보면 몸은 떨어져 있지만 마음만은 더없이 가까운 가족 같았다. 심지어 일면식도 없는 모카네 식구들까지도 나의 가족처럼 느껴졌다. 틀린 말도 아니었다. 모카와 달콩이는 자매니까. 그리고 우리는 그 아이들의 보호자니까.

모카네 환경과 우리의 환경을 비교하며 달콩이에게 미안해하기도 했다. 아마도 둘이서 달콩이를 키우는 우리보다 안정적인 환경에서 모카는 자랄 것이었다. 달콩이의 분리불안이 심해졌을 때는, 집에 혼자 있는 시간이 거의 없는 모카를 어찌나 부러워했는지 모른다. 입양 전과 다르게 점점 천방지축 말썽꾸러기가 되어가는 달콩이와, 반대로 입양 후에 더 얌전해진 모카를 보며 신기하기도 했다. 키우는 환경에 따라 이렇게 달라질 수 있다니. 가끔은 달콩이가 모카네 집에, 모카가 우리 집에 입양됐다면 어떻게 되었을까 상상하기도 한다. 우리 집에 온 모카는 아마 더 왈가닥이 되지 않았을까. 모카네 집에 간 달콩이는 지금보다 순한 강아지로 살아갔을지도 모르겠다.

달콩이와 모카가 각자의 집에 입양 간 지 1년을 넘긴 어느 날. 한 애견 카페에서 둘은 상봉했다. 이전부터 만나자는 이야기는 종종 해왔지만 용기가 나지 않아 미루기를 여러 번. 막상 멀리서 모카네가 다가오는 걸 보았을 때는 마음이 왈칵

벅차올랐다. 세상 어딘가에 달콩이와 피를 나눈 자매가 있다는 걸, 그 자매인 모카가 실제 내 눈앞에 왔다는 걸, 또 인연이 닿을 길 없는 우리 어른들이 강아지들로 연결되어 있다는 걸 실감했다.

우리의 기대와 다르게 달콩이와 모카는 서로를 알아보지 못하는 듯했다. 그래도 강아지만 보면 심술부터 부리는 달콩이를 모카 옆에 앉혀두었더니 웬일로 얌전히 있었다. 둘이 서로를 알아보진 못해도 왠지 모를 편안함을 느끼고 있는 것만 같았다. 그저 인간의 바람, 인간의 해석일 뿐일지도 모르겠지만. 몇 시간 동안 달콩이와 모카는 사이좋지도, 나쁘지도 않은 모습으로 곁을 맴돌았다. 서로 없으면 못 살던 아이들인데. 검은 솜뭉치와 하얀 솜뭉치가 엉켜서 노는 영상을 분명 여러 번 보았는데. 더 미리 만나게 해주지 못해 미안했다. 서로를 까맣게 잊어버릴 때까지 우리가 참 게을렀구나.

달콩이와 모카가 만났던 그 날, 애견 카페에는 모카의 어머니, 아버지, 언니 세 분이 함께 오셨다. 달콩이와 모카는 데면데면했지만, 사람들끼리는 그동안 밀린 모카와 달콩이 이야기를 하느라 바빴다. 그때 모카 이야기를 해주시던 모카 식구들의 눈을 잊을 수 없다. 보는 사람까지 흐뭇해지는, 행복에 가득 찬 눈이었다. 모카 어머니께서는 모카를 입양한 뒤로 집에 대화가 많아졌다고 하셨다. 이전에는 식구들이 퇴근하면 인사만 하고 각자 방으로 들어가는 게 일상이었다면, 모카가 온 뒤로는 모카에 대한 주제로 한마디라도 더 하게 된다고. "모카 덕분에 행복해요." 웃으며 스스럼없이 '행복'이라는 단어를 입에 담는 어른들의 얼굴을 보며, 이것이 반려동물의 힘이구나 생각했다. 멀게 느껴지던 행복이 이제 손 뻗으면 닿을 곳에 있다. 달콩이와 모카의 포근한 털과 따뜻한 배와 말랑말랑한 발바닥이.

모카와 달콩이는 같이 살 때보다야 많이 달라졌지만 여전히 상당 부분 닮아있었다. 둘 다 겁이 엄청 많지만 차를 잘 타고, 미용할 때, 목욕할 때, 털 말릴 때도 아주 얌전하다. 이건 아무래도 달콩이와 모카를 한 달 동안 돌봐주신 임보자님 덕분인 것 같다. 달콩이와 모카를 임보하던 때 임보자님은 애견 미용 자격증을 공부하고 계셨다. 꼬물이 두 마리를 차에 태워 미용 학원에 종종 데려가시고, 실제로 달콩이와 모카를 미용해 주시기도 했다. 칫솔질에도 화들짝 기겁하는 달콩이가 이발기에는 무덤덤한 걸 보며, 아, 이래서 어렸을 때의 경험이 중요한 거구나, 깨닫는다.

모카와 달콩이는 이상하게 하네스, 목줄을 무서워한다. 둘 다 실외 배변 강아지라 매일 산책하러 나가야 하는데 말이다. 달콩이는 산책가기 전에 자꾸 도망 다녀서 목줄을 겨우 채우고서야 나간다. 막상 목줄을 채우고 나면, 그 순간부터 문 앞에 서서 1초라도 빨리 나가길 바라는 강아지가 된다. 처음에는 도대체 왜 그러는 건지 이해할 수 없었는데, 모카도 그렇다는 이야기를 듣고 나서 왠지 위안이 되었다. 낯선 사람에게 쉽게 마음을 열지 않는다는 점에서도 둘은 비슷하다. 가끔은 모카의 존재 자체가 물음표의 답변이 되어줄 때가 있다. 이해할 수 없는 달콩이의 행동들을 그저 있는 그대로 받아들일 수 있도록 모카가 도와준다.

1킬로그램 때 구조된 달콩이와 모카는 벌써 네 살이 되어 13킬로그램의 통통하고 건강한 강아지로 살고 있다. 지금에 비하면 구조됐을 때의 달콩이와 모카는 정말 작고 여린, 신생아 같은 존재였다. 길거리 생활을 했던 시절의 사연은 잘 모르지만, 그렇게나 작던 아이들이 엄마 품에서 떨어지고, 다른 형제들과도 이별하고, 둘만 남아 서로 없어선 안 될 존재로 의지하면서 지내다가, 결국 그마저도 찢어져서 각자의 집으로 입양을 갔다. 아마 많은 반려동물이 겪는 일일 것이다. 많은 강아지들이 태어난 지 얼마 안 되어 젖도 떼지 못한 채 낯선 환경으로 옮겨진다. 그리고 처음부터 그곳에 존재했던 것처럼 살아간다.

새끼 때부터 인간과 어우러져 살기 시작한 반려견이 태초의 기억을 지니고 살아가는 경우가 얼마나 될까. 달콩이와 모카도 입양 가기 전까지, 태어나서 3개월이 될 때까지 서로 없으면 불안해할 정도로 붙어 지냈음에도 지금은 서로를 알아보지 못한다. 각자의 집에 그만큼 잘 적응했다는 뜻이겠지. 나도 그 덕에 달콩이와 함께 행복하게 살고 있지만, 정말 감사한 일이지만…. 사실 이런 과정을 하나하나 따지다 보면 마음이 좋지 않다. 아이들에게 미안한 마음이 든다. 있을 수 있었던 여러 가지 경우의 수를 떠올려 본다. 아이들은 떠돌이 생활을 하더라도 엄마와 함께하는 게 더 행복했을지도. 입양이 조금 늦어지더라도 달콩이와 모카가 함께 살 수 있는 방법을 찾는 게 나았을지도 모른다.

이렇게 미안한 생각이 들 때면 우리 집과 모카네 집을 본다. 달콩이와 모카 모두 사랑받고 있다. 사랑을 듬뿍 주고도 더 주지 못해 미안해하는 그런 보호자들과 살고 있다. 밖에서 태어나 떠돌이 생활을 했던 달콩이네 식구들. 누군가가 그들을 발견하여 구조하고, 임보자님을 거쳐서, 급히 입양을 진행하고, 마침 모카네와 우리 부부의 눈에 띄어, 운명이라고 말할 수밖에 없는 이 과정을 지나, 달콩이와 모카는 각자의 집에서 잘 살고 있다.

그러니 한 번쯤은 말하고 싶다. 달콩아, 모카야. 어린 너희들을 엄마와 떨어뜨려 놓아서 미안해. 너희 둘을 떨어뜨려 놓은 것도 미안해. 그래도, 그래도…. 나는 그 수많은 경우의 수 중에서 이게 최선이었다고 믿을래. 인간의 이기적인 생각일지라도, 그래도 그렇다고 믿을래. 우린 운명이라고. 달콩이는 입양 온 게 아니라 처음부터 당연히 우리 가족이었던 것처럼. 그렇게 생각할래.

결국 미안한 마음이 들 때마다 내가 할 수 있는 건 이런 것이다. 달콩이를 한 번 더 안아주는 것. 달콩이는 기억하지 못해도 내가 달콩이의 엄마와 모카를 또렷이 기억하는 것. 같은 하늘 아래, 마음먹으면 언제든 만날 수 있는 곳에 모카가 살고 있다는 것과, 두 강아지가 각자의 보금자리에서 사랑받으며 살고 있단 걸 상기하는 것. 이 경우의 수가 최선이라고 믿는 것. 최선이 되도록, 끊임없이 노력하는 것.

| 달콩의 하루 |

1

산책 중에 달콩이의 궁둥이에서 뽀오옹 하고 작게 방귀 소리가 났는데, 달콩이는 그 소리에 놀라 꼬리를 내리고 도망가다가 다리에 힘이 풀려 바닥에 주저앉았다. 달콩이와 살아온 3년 동안 달콩이가 소리 내어 방귀 뀌는 걸 두 번밖에 본 적이 없다. 아직 자기 몸에서 그런 소리가 날 수 있다는 걸 모르는 눈치다. 세모난 눈을 한 채 주저앉아 주변을 두리번거리는 달콩이의 궁둥이를 통통 쳐주면서 나는 웃음을 참느라 혼났다.

아니, 사실 참지 못했다. 어떻게 참겠는가.

2

이름 짓는 센스가 별로 없지만 달콩이 이름 하나는 끝내주게 잘 지었다고 생각한다. 특히 달콩이의 '콩'은 어디에다 갖다 붙여도 찰떡이다. 달콩이가 하는 모든 행동에 우리는 '콩'을 붙인다.

콩무룩(시무룩한 달콩), 귀없콩(귀를 뒤쪽으로 눕혀서 숨긴 달콩), 콩순내(달콩이의 꼬순내), 콩카콩카(킁카킁카 냄새 맡는 달콩), 콩쭐나다(다른 강아지에게 까불다가 혼쭐난 달콩), 콩콩낸내(코코낸내 자고 있는 달콩), 동콩지진(달콩이의 동공지진), 콩난로(엄마 무릎을 난로처럼 따뜻하게 데워주는 달콩)….

3

달콩이는 세상에서 하나뿐인 특별한 믹스견이지만, 신기하게도 인스타그램을 보다 보면 의외로 달콩이와 닮은 친구들이 많다. 달콩이보다 다리가 긴 버전, 털이 더 빳빳한 버전, 크기가 더 작은 버전, 더 동글동글하게 생긴 버전 등등….

달콩이가 한 살쯤 되었을 때 달콩이와 유독 닮은 '몰리'라는 믹스견과 인스타그램 친구가 되었는데, 하루는 몰리가 한 애견 카페에서 놀고 있는 영상을 보게 되었다. 그런데 장소가 왠지 눈에 익는 것이다. 그곳은 바로, 우리 단지 바로 앞에 있는 애견 카페였다! 반가운 마음에 몰리 보호자님께 메시지를 보냈다. 달콩이 이 애견 카페 근처에 산다고, 혹시 또 이곳에 오시면 몰리랑 달콩이 한 번 만나게 해주고 싶다고. 몰리네도 반갑게 답장을 주셨는데, 알고 보니 달콩이와 몰리는 바로 옆 단지에 살고 있었다. 이야. 누가 섞였는지 가늠하기도 어려운 믹스견이 이렇게까지 똑 닮을 확률과, 그렇게 닮은 강아지가 바로 옆 동네에 살 확률이 얼마나 될까. 몰리와 달콩이는 키도, 눈매도, 털 색깔도 비슷해서 모르는 사람이 보면 구분하기 어려울 정도다.

그 뒤로 몰리네와 종종 연락을 주고받다가 한밤중에 동네 학교 운동장에서 처음으로 만나게 되었다. 몰리와 달콩이는 운동장을 뛰어다니며 신나게 놀았다. 보호자들은 하얀 두 마리의 털 뭉치를 보며 신기하다는 말만 수백 번 반복했다. 달콩이와 몰리는 자기들이 얼마나 닮았는지 모르겠지? 마치 거울을 보는 것 같은데.

달콩이와 몰리는 노는 스타일도 비슷했다. 한번 놀기 시작하면 조금 과격하게, 제대로 노는 편이랄까. 그 뒤로도 둘은 가끔 만나서 놀았다. 하지만 밖에서 만나서 놀 때마다 서로의 리드줄이 자꾸 꼬여버리는 바람에 불편했다. 난 결국 우리 집에 몰리를 초대했다. 몰리를 초대한다는 것은 당연히 몰리의 보호자를 초대한다는 의미였고, 나 같은 내향형 인간에게는 쑥스러운 일이기도 했다. 하지만 즐거워할 달콩이를 생각하며 용기를 냈다. 둘은 우리 집 매트 위를 신나게 뛰어다니며 자유롭게 놀았다. 똑같이 생긴 강아지 둘이서 똑같은 행동, 똑같은 표정을 지을 때마다 몰리 누나와 나는 뿌듯함을 금치 못했다. 우린 사담없이 그저 아이들의 몸짓에만 집중했고, 아이들이 노는 소리와 우리의 웃음소리만이 집 안에 울렸다. 몰리가 놀러 올 때마다 우리 집 공기도 붕붕 들뜨는 것 같았다. 떠올리기만 해도 흐뭇해지는 추억이다.

달콩이가 주기적으로 유치원에 다니게 되면서 몰리와 따로 시간 내어 만나는 일은 없어졌다. 하지만 산책할 때 옆 단지를 돌며 자주 몰리를 생각한다. 우연이 만들어주는 인연이란 참 신기한 거라고. 옆 단지 분들이 달콩이를 보고 "몰리야, 안녕!" 하고 인사를 건네실 때도 있다. 그때마다 나는 들뜬 목소리로 기분 좋게 설명한다.

"몰리 아니고, 몰리 닮은 달콩이라고 해요. 둘이 정말 닮았죠?"

4

살다 보면 한숨 쉴 일이 많다. 가끔은 너무 큰 소리로 한숨을 쉬는 바람에 다른 방에 있던 남편이 놀라서 달려오기도 한다. "무슨 일 있어?" 걱정스러운 얼굴로 물어오면 나는 화들짝 놀라서, "어? 아냐아냐. 나도 모르게 소리를 너무 크게 냈네. 미안. 하하." 민망함에 손사래를 친다.

K-현대인에 맞게 만성 피로에 시달리는 나는 하품도 습관적으로 한다. 특히 하품할 때 요란하게 '흐아아아암' 소리를 내곤 하는데, 그 역시 시작할 때는 잘 인지하지 못하다가 끝날 때쯤 알아채고는 혼자 민망해한다. 달콩이 앞에서도 야단스럽게 한숨을 쉬거나 하품을 하고 나면 괜스레 부끄럽다. 한숨과 하품이 상대방에게 걱정을 끼칠 수 있다는 사실 때문에 더 그렇다. 근심 가득한 모습이나, 시도 때도 없이 입 밖으로 영혼이 빠져나가는 모습을 남편과 달콩이에게 들키고 싶지 않달까. 내 마음과 다르게 무의식은 늘 한숨과 하품의 세계로 날 데려간다.

하지만 다행히 인간의 행동과 강아지의 행동은 그 해석을 조금 달리하기도 한다. 강아지에게 한숨과 하품은 카밍시그널(Calming signal)이라는 걸 뒤늦게 알게 되었다. 강아지가 스트레스를 받는 상황에 처했을 때, 상대나 자신을 진정시키기 위해 하는 행동이 바로 한숨을 쉬거나 하품을 하는 것이라고.

내가 쉬는 깊은 한숨이 달콩이에게는 진정의 시그널이 될 수도 있다니. 그 사실을 안 뒤로는 달콩이 앞에서 갑갑함에 크게 한숨을 쉬고 나서도 민망해하지 않는다. 대신 첫 번째 한숨이 무의식에서 나온 것이라면, 그다음에 일부러 연달아 한숨을 두세 번 더 쉰다. 첫 번째 한숨에 근심이 담겨있음을 숨기기 위해서다.

첫 번째, 두 번째, 세 번째 숨도 모두 지금 내가 편안하다는 뜻이야. 그러니 달콩아. 너의 마음도 함께 편안해진다면 더 할 나위 없겠다.

5

청소 아주머니가 복도를 청소하시는 소리, 택배가 툭하고 던져지는 소리, 문에 전단지 붙이는 소리, 옆집 현관문 비밀번호 누르는 소리. 문밖에서 그런 소리들이 들려오면, 휴식을 취하던 달콩이가 벌떡 일어나 문 앞으로 달려간다. 월월! 달콩이는 정말 그렇게 짖는다. '월월'. 목청이 워낙 커서 집안이 왕왕 울린다. 나와 남편은 당황한다. 더 짖기 전에 제지해야 하는데, 생각하며 우리도 벌떡 일어나 달콩이를 쫓아간다. 그런 다음 혼내도 보고, 몸으로 막아도 보고, 겁도 줘보고, 어르고 달래도 보았다. 그럴 때마다 달콩이는 오히려 더 서러워했다.

"우오우오오오!(왜 나한테 뭐라 그래!)"

달콩이는 왜 그리 바깥 소리에 짖는 걸까. 달콩이 입장에서 생각해 보니, 달콩이는 현관문이 우리만 아는 비밀번호로 잠겨져 있다는 걸 모른다. 즉, 외부인이 우리 집 문을 못 연다는 걸 모른다. 그러니 밖에서 소리가 들려오면 누군가 쳐들어올 수도 있다고 생각할 것이다. 이 쬐끄만 녀석이 무슨 집을 지키겠다고 그 난리를 치는지 모르겠다만. 어쨌든 엄마, 아빠에게 이 긴박한 상황(?)을 알려주어야 하니 제일 먼저 문 앞으로 달려가 월월 짖는 게 아닌가 싶다.

그래서 우리는 작전을 바꿨다. 달콩이가 짖기 시작하면 최대한 차분하게 현관문 앞으로 간다.

"아빠가 지켜줄게."

달콩이가 알아듣든 못 알아듣든 나직하게 말을 뱉은 뒤, 현관 쪽으로 귀를 붙이고 밖에서 나는 소리를 확인하는 척한다. 그리고 한숨을 휴우우, 길게 쉰다. '밖에서 나는 소리는 안전한 소리야. 진정해'라는 뜻이다. 신기하게도 이게 통했다.

지금도 달콩이는 바깥에서 소리가 나면 드릉드릉 시동을 건다. 그럴 때 침착하게 "응, 달콩아 괜찮아. 엄마가 지켜줄게"라고 말하면 이내 시동을 끈다. 가장 신기한 건, 달콩이가 집에 혼자 있을 때는 바깥 소리에도 짖지 않는다. 아마 지켜야 할 엄마와 아빠가 집에 없기 때문인 것 같다.

6

아무리 피곤한 날에도, 자기 전에 꼭 하는 일이 있다. 바로 달콩이 빗질이다. 달콩이의 털은 잘 엉키는 이중모라서 빗질 관리가 필수다. 하루라도 소홀히 하면 그다음에는 빗질이 몇 배 더 힘들어진다. 게다가 빗질로 죽은 털들을 제때제때 빼주어야 온 집안에 털 뭉탱이가 굴러다니는 걸 막을 수 있다.

뾰족하게 생긴 강아지 빗으로 달콩이의 털을 빗는다. 처음에는 겉 털을 쓱쓱 훑어주고, 그다음 가르마를 타가면서 속털로 빗을 파고들어 꼼꼼하게 빗는다. 엉킨 털이 풀리며 토도독 토도독 소리가 난다. 처음 빗질을 시작할 때는 이게 풀리긴 풀릴까 의심스러운데, 어느 순간 보면 실크같이 보드랍고 윤기나는 털이 달콩이를 뒤덮고 있다.

무엇 하나에 집중하기 참 어려운 세상에 살고 있다. 하지만 달콩이 빗질은 잠들기 전에 행하는 하나의 의식처럼, 명상처럼 집중하게 된다. 달콩이를 돌보는 일은 단순할 때가 많다. 하다못해 엉킨 내 잡념들을 풀어내는 데에도 너무 많은 품이 드는데, 달콩이 털은 그저 생각 없이 빗고 있으면 자연스레 풀린다. 그 포근하고 단순한 시간을 나는 좋아한다.

7

나에게는 만성 불안증이 있다. 불안을 운명처럼 온몸에 덕지덕지 붙이고 사는 삶이란. 위험한 상황이 아님에도 몸은 이따금 위험한 상황이라고 제멋대로 판단한다. 몸에서 불안함의 신호를 입력한다. 신호는 출력 오류로 발현되어 몸부림이 된다. 호흡이 가빠진다. 심장은 롤러코스터를 탄 것처럼 쿵, 내려앉았다가 다시 붕, 뜬다. 심장이 내 장기들 사이에서 위태롭게 덜렁덜렁 매달려 있는 기분이다. 불안은 신경 위에 목마 탄 채 목부터 머리끝까지 헤엄친다. 온 피부가 쭈뻣쭈뻣 선다. 뾰족한 징이 잔뜩 박힌 갑옷을 입은 기분이 된다. 싸울 필요도, 심지어 싸울 상대도 없는데 몸은 전투태세가 된다. 혈관 속 세포들은 칼춤 추느라 바쁘다. 시끄럽다. 정말 시끄럽다….

그때 코 자고 있는 달콩이를 품에 안는다. 세포들은 눈과 촉감과 냄새와 소리로 달콩이를 느낀다. 따뜻해. 포근해. 고소해. 평화로워. 사랑스러워. 아무 일 없어. 아무 일도 일어나지 않아. 안전해. 걱정 마. 달콩이의 눈은, 코는, 털은, 냄새는, 언어를 초월하는 신호를 보낸다. 아무리 괜찮다고 스스로 되뇌어도 안정되지 않던 세포들이 칼을 내려놓는다. 달콩이를 감각하는 데 집중한다.

어떤 돌을 만지면 병이 낫는다는 미신처럼, 명치에 얹힌 게 쑥 내려가게 만드는 까스활명수처럼, 달콩이는 나의 미신. 나의 까스활명수. 나의 감각. 나의 사랑.

8

친오빠의 결혼식이 미국에서 열리게 되었다. 미국에 다녀오는 열흘 동안 달콩이를 애견 호텔에 맡겨야 했다. 달콩이를 호텔에 맡기는 건 또 처음이었다. 그날이 다가올수록 나는 불안해했다.

"달콩이 너무 걱정 돼. 달콩이한테는 우리가 언제 돌아올 거라고 설명도 못 하잖아…."

내가 제일 좋아하는 여행지가 미국이다. 그곳에서 무려 가족의 결혼식이 열린다니, 설레기만 해도 아까울 시간에 나는 달콩이를 보며 계속 울상 지었다. 달콩이 걱정뿐 아니라 여러 사건과 문제들이 나를 괴롭고 우울하게 했다. 그러던 어느 날 밤에는 자려고 누웠는데, 갑자기 숨이 잘 안 쉬어지며 가슴이 갑갑해졌다. 나는 벌떡 일어나 침대에 걸터앉아서 공황 약을 먹어야 하나 고민하며 심호흡을 하고 있었다.

그때, 달콩이가 침대 아래로 지나가다가 선풍기 앞쪽에 자리를 잡고 앉았다. 순간 달콩이의 궁둥이가 선풍기의 터치 버튼 위에 턱 하니 올라갔고, 선풍기는 갑자기 쉬이이익 소리를 내며 강풍의 바람을 거칠게 쏘아댔다. 달콩이의 풍성한 털 한쪽이 강력한 바람에 꾸욱 눌렸다. 달콩이는 어리둥절한 표정으로 선풍기와 우리를 번갈아 가면서 보았고, 나와 남편은 이게 무슨 대체 상황인가 하고 몇 초 얼어있다가,

"뭐야. 저거 달콩이가 누른 거야?"

이내 깔깔 웃음을 터트렸다. 이성을 잃을 만큼 웃느라 배가

아프고 눈물이 똑똑 떨어질 지경이었다. 달콩이는 대체 이게 왜 갑자기 시끄러워진 건지, 엄마랑 아빠가 왜 저렇게까지 웃고 있는 건지 전혀 모르겠다는 눈으로 억울하게 우릴 쳐다보았다. 얼른 달려가서 선풍기를 다시 약풍으로 돌린 뒤 달콩이의 궁둥이를 통통 두들겨줬다. "그래. 달콩이는 잘 지내줄 거야." 엉덩이로 우릴 웃긴 달콩이를 보며 왠지 걱정이 사그라든 나는, 비상약을 먹지 않은 채 무사히 잠을 청할 수 있었다.

9

어느 수능 날 이른 아침, 달콩이와 동네 산책을 했다. 수험생들이 한창 시험장으로 향할 시간이었다. 수능 날이면 날이 꼭 추워져서 '수능 한파'라는 표현까지 있는데, 그 말이 무색하게 공기가 그리 차지 않았다. 대신 오후부터 비 소식이 있었던 터라 하늘이 칙칙했다. 우리 단지를 지나 옆 단지를 도는 동안 괜스레 평소보다 주변을 더 많이 둘러보았다. 얼굴에 긴장한 기색이 가득한 학생들이 목도리를 꼭 둘러맨 채 등교하고 있었다. 부모님과 함께 집에서 나와 차에 타는 학생도 보였다.

수능을 본 지 15년이 넘었다. 지금은 워낙 오래 지난 일이라 무뎌졌지만, 이십 대 초반까지만 해도 수능 날만 되면 마음이 아렸다. 사람마다 인생이 다르고, 중요시하는 것도, 아픈 부위도 모두 다르겠지만, 내 인생을 통틀어서는 수험생 때가 가장 힘들었다.

수능장으로 향하고 있는 아이들과 그 시절 불행했던 나의 모습이 겹쳤다. 그에 비하면 지금의 나는 그저 한가롭게 강아지와 아침 산책을 즐기는 사람이었다. 어쩌면 아이들도 나를 보며 '저 아줌마는 좋겠다' 하고 생각했을지도 모르겠다. 물론 출근이라는 전투를 앞두고 있긴 했지만, 감기에 걸려 연달아 기침을 하면서도 일찍 일어나 달콩이를 산책시켜야 하는 처지였지만, 머릿속에는 오늘 해야 할 일들이 가득 찬 어른이었지만…. 수험생 앞에서 그게 뭐 대수랴.

아이들에게 온 마음을 담아 응원해 주고 싶었다. 수능을 못 보면 큰일 나는 줄 알았던 나는 수능을 망치고도 차근차근 인생을 배우며 이렇게 어른이 되었고, 시간이 지나서는 아침에 강아지를 산책시키는 평범한 일상을 살고 있다. 지금 수능을 보는 수험생 친구들도 마찬가지일 것이다. 그날을 어떻게 보냈든지 간에 시간은 서서히 흐를 것이다. 언젠가 정신차려보면 평범한 일상 속에 있을 것이다. 세상은 늘 그렇듯 무심하게 돌아간다. 가끔은 무심해서 너무하지만, 무심하기에 다행이기도.

10

함박눈이 내려 온 세상이 하얀 이불을 덮었던 어느 날. 아래는 온통 하얗고 하늘은 유난히 까맣던 밤. 달콩이와 둘이 밖으로 나갔다. 세상이 꽁꽁 얼어붙어서 오가는 사람이 거의 없었다. 적막 속에 우리 둘의 발소리만 뽀드득 사각사각 들렸다. 우리의 입 밖으로 뿌옇게 입김이 나왔다. 눈길 산책. 이건 우리가 세상에 발자국을 남기는 일이었다. 하얀 입김을 보며, 내가 이리도 씩씩하게 숨 쉬고 있단 걸 새삼 확인하는 일이었다.

온 감각이 널 기억해

내가 가장 좋아하는 순간이 있다.

잠 못 드는 밤, 곤히 잠든 남편과 달콩이가 깰까 봐 살금살금 거실 소파로 나와 심호흡을 한다. 이윽고 달콩이가 어기적어기적 안방에서 나온다. 눈도 제대로 못 뜨고 털은 한껏 구겨진 채로. "엄마 때문에 깼어? 미안해 달콩." 사과하고 바닥으로 내려가 달콩이를 안아준다. 잠이 덜 깬 달콩이는 내 명치쯤에 얼굴을 파묻은 채 한참 그대로 멈추어있다. 고요한 밤 달콩이의 새근거리는 숨소리만이 우리의 주변을 둥실 떠

다닌다. 나는 달콩이의 길쭉한 등을 천천히 쓸어내려 준다. 달콩이는 녹아내리듯 다시 잠에 든다. 잠과 싸워가며 날 걱정해 주는 것 같아 기특하고 뭉클하고 사랑스럽다. 세상의 어떠한 방해도 없이 달콩이와 나만이 존재하는 이 시간이 참 소중하다.

네 살이 된 달콩이는 콧잔등에 약간의 탈모가 생겼었고, 방광염이 한 차례 지나갔다. 얼마 전에는 튼튼하다고 자부하던 다리를 다치기도 했다. 예전에는 한여름에만 힘들어하더니 이제는 봄부터 더워서 맥을 못 춘다. 탱탱하던 피부가 조금씩 늘어져서 접히기도 한다. 큰길을 무서워하던 달콩이가 의젓하고 차분하게 큰길을 건너거나, 분리불안이 줄어든 모습을 볼 때마다 우리 부부는 "달콩이 벌써 어른 강아지가 다 되었어"라고 말한다. 여전히 아가이지만 내 눈에는 약간의 변화도 크게 느껴진다.

아직은 생각하고 싶지 않지만, 또 굳이 생각하려 하지도 않지만, 달콩이가 유치원에 가고 텅 빈 집에 혼자 있다 보면 나도 모르게 문득 생각할 때가 있다. 먼 훗날 달콩이가 우리 곁에 없는 날이 온다면 일상에서 들려오는 이 소리들이 너무 슬퍼질 것 같다고.

달콩이와 가족이 된 뒤로 소리에 무척 예민해졌다. 평소 달콩이가 반응하는 소리, 그러니까 아파트 앞 운동장에서 축구공 튀기는 소리가 들려오거나 바람이 휘이이 요란한 소리를 내며 불거나 현관문 밖 철문 닫는 소리가 쾅 하고 들리면 나도 모르게 심장이 덜컹, 한다. 그리고 반사적으로 달콩이를 찾는다.

맞다. 달콩이 여기 없지.

그 순간 나는 달콩이의 빈자리를 짙게 느낀다. 머리로 보고 싶다 생각하는 게 아니라 온몸의 감각이 달콩이를 새겨두었다가 일상 속에서 시도 때도 없이 반응한다.

이처럼 달콩이는 아마 머리로 기억하는 것보다도 감각으로 오래오래 우리 곁에 머물 것이다. 소리로, 냄새로, 촉감으로…. 달콩이가 없던 예전의 나로 돌아갈 수 없는 이유는 이미 내 온몸의 세포들이 달콩이를 학습했기 때문이다. 달콩이는 매일 당연한 듯 내 눈앞에 있다. 달려가서 안으면 보들보들한 털을 만질 수 있고, 그 털 위에 뽀뽀할 수도 있다. 그러면 고소한 강아지 냄새가 폴폴 올라오고 달콩이 털이 내 코를 간지럽히기도 한다. 귀로는 달콩이의 발톱 소리를 듣는다. 달콩이가 집을 돌아다니면 발톱이 마룻바닥에 닿을 때마다 탁탁 소리가 난다. 달콩이가 깊게 잠을 잘 때에도 발톱 소리를 들을 수 있다.

달콩이는 꿈속에서조차 달린다. 모로 누워 앞다리 뒷다리를 열심히 굴러 가며 달리기를 한다. 입술 사이에는 푸르릉 푸르릉 입바람이 새어 나와 주둥이가 살짝씩 펄럭거린다. 발톱이 바닥을 스치며 타닥타닥 소리를 낸다. 달콩이가 잠꼬대하면서 내는 발톱 소리를 멈추게 하는 법을 나는 안다. "콩!" 하고 짧고 굵게 불러주면 잠결에 자기 이름을 들은 달콩이가 발구르기를 멈춘다. 나중에 달콩이가 곁에 없는 날이 온다면 이 발톱 소리가 많이 그리워질 것 같다. 그때는 이름을 불러 멈추려 하지 않고 그저 오래도록 달콩이가 잠꼬대하는 소리를 듣고 싶어질 것이다.

하지만 지금은 나중에, 먼 훗날, 언젠가 같은 거 생각하지 않고 그저 오늘을 보낸다. 달콩이와 함께 현재를 감각하느라 바쁘니까. 나중은 나중에 생각하기로 한다. 아직 우리에게 남은 시간은 많을 거라 믿으며.

작가의 말

본문에 "달콩이와 산책하다 보면 세상에 수많은 종류의 초록색이 존재한다는 사실을 배운다."라는 문장을 썼다. 달콩이를 만나기 전 우리 부부는 봄날의 초록을 만끽하며 살았다. 그 세상은 봄볕처럼 잔잔하고 아름다웠다. 하지만 달콩이의 리드줄을 잡고 함께 나아가게 된 세상에서 우리는 여름의 다채로운 초록을 보게 되었다. 연두색부터 짙은 녹색까지, 여름엔 뜨거운 햇살이 더해지며 초록의 명암과 채도가 더 다양해진다. 달콩이와 함께하며 우린 예상치 못한 상황과 어려운 과제들을 끊임없이 마주했고, 그 속에서 땀 흘리고 애쓰다 결국 이겨내고 함께 웃기도 했다. 그렇게 확장된 세계 속에서 우린 다양한 감정들을 느꼈다. 그 감정 중에는 지금껏 살아오며 느껴보지 못했던 감정들도 분명히 있었다. 책 제목처럼 내가 진짜 '어른'이 되었는지는 솔직히 잘 모르겠지만, 달콩이를 돌보며 한층 성장했다는 것엔 의심의 여지가 없다.

우리가 알게 된 이 다채로운 세상이 책 표지에 고스란히 담겼다. 이번 책도 근사하게 디자인해 주신 지민채 디자이너님, 이 원고의 가능성을 가장 먼저 알아봐 주신 마누스 대표님과 나의 영혼의 편집자님인 L 편집자님께 감사함을 전하고 싶다. 나의 두 강아지, 달콩이와 남편에게도 사랑한다는 말과 함께 고마움을 전한다.

반려동물 콘텐츠는 반려동물의 귀엽고 재미있는 모습이 주를 이루곤 한다. 영상 편집을 할 줄 알기에 나도 달콩이 유튜브를 해볼까, 생각해 본 적도 있다. 하지만 달콩이에게는 남들이 보기에 뛰어나게 귀엽거나 예쁘거나 웃기거나 똑똑한 면이 없다. 물론 우리 부부가 보기엔 뛰어나게 귀엽고 예쁘고 웃기고 똑똑한 강아지이지만. 어쨌든 달콩이와 함께 한 순간들을 결국 다른 것이 아닌 활자로 오롯이 남길 수 있게 되었다는 사실은 나에게 큰 영광이다. 이 책에서는 반려동물과 함께하며 좋은 부분도 힘든 부분도 최대한 있는 그대로 드러내려 애썼다. 독자분들이 내 글을 읽다가 '강아지 못 키우겠다'라며 혀를 내두르는 상상도 곧잘 했다. 원고를 쓰는 과정에서 그런 부분을 가장 많이 고민하고 그 부분을 가장 많이 고쳤다. 모쪼록 독자분들이 이 책을 읽으며 반려동물이 인간에게 어떤 종류의 기쁨과 시련을 주는지, 더 나아가 사랑하는 존재가 개인에게 얼마나 커다란 영향을 주는지 조금이라도 실감했기를 바란다.

사랑 속에서 부대끼며 산다는 건 어쩌면 번거로운 일인지도 모른다. 그 번거로움을 기꺼이 감수할 때 우리의 삶은 충만해진다.